MALICIOUS
CLAIM
範乃秋晴
マリシャスクレーム

contents

写真 須貝智行

デザイン 神崎夢現

MALICIOUS CLAIM

マリシャスクレーム

範乃秋晴

二大財閥《ざいばつ》、エクストラコーポレーション社と苦情《くじょう》対応部門を統合《とうごう》
国内初《はつ》のＩＰＢＣ対策《たいさく》始まる

大門寺《だいもんじ》グループ、宮ノ内《みやのうち》グループ、エクストラコーポレーションは苦情対応部門を統合した新会社『ＤＥＭ』を設立《せつりつ》すると発表した。

大門寺銀行、宮ノ内電気通信《でんきつうしん》、エクストラコーポレーションら八社《しゃ》のお客様相談室《そうだんしつ》、カスタマーセンター及《およ》び各関連部門が統合。国内四カ所に苦情対応専門のコンタクトセンターを設置《せっち》し、昨年《さくねん》より増《ふ》え続けるＩＰＢＣ※に対して本格的に取《と》り組《く》む構えだ。

しかし、消費者《しょうひしゃ》の間では、ＩＰＢＣといわゆる一般的なクレームとの線引きが曖昧《あいまい》なことから新会社設立に懸念《けねん》を示す意見が早くも出ている。ＤＥＭ社はアウトソーシング事業にも乗り出す方針《ほうしん》のため、成功すればＩＰＢＣによる倒産《とうさん》リスクを抱《かか》えた中小企業等を中心に依頼が殺到《さっとう》するだろうと関係者は見ている。

※ Inhuman Pervertedness Badness Complainer　非人間的異常性悪質クレーマー
（二〇二三年二月一六日　財計《ざいけい》新聞）

プロローグ

始業《しぎょう》五分前。

お客様相談室室長平井信夫《ひらいのぶお》は静《しず》まり返《かえ》った職場を眺《なが》め暗澹《あんたん》たる気持ちになった。誰《だれ》もいないのである。思わずカレンダーに目を走《はし》らせるが、一体どんな祝日ならば百貨店が休業日になろうというのか。第一、先程《さきほど》まで部下から欠勤《けっきん》の連絡を受けていたのだ。

平井はＰＣに保存された勤怠《きんたい》管理表を起《た》ち上《あ》げる。マウスとキーボードを操作《そうさ》し画面に欠勤理由を入力していく。

体調不良。一三名いる契約《けいやく》社員全員が同じ理由である。いわゆるずる休みの際《さい》にしばしば使われる理由だが、一三名同時というのはさすがにありえない。では、全員が本当に体調不良というのはありうるのかと疑問《ぎもん》に思えるが、残念ながら今の平井にはい、い、ありうると判断《はんだん》せざるをえなかった。自分自身、決《けっ》して体調が優《すぐ》れているとは言えない。

マウスを動かしクリックする。今度《こんど》は正社員の勤怠情報が表示された。平井の他《ほか》二名の社員が在籍《ざいせき》している。だが、両名とも今月の営業日《えいぎょう》には赤い斜線《しゃせん》が引かれている。備考《びこう》には入院《にゅういん》とあった。

平井の机《つくえ》にはその社員らの診断書《しんだんしょ》が入っている。長期休暇《きゅうか》申請《しんせい》のために家族が提《てい》出《しゅつ》したものだ。症状《しょうじょう》は、心的外傷後ストレス障害《PTSD》。やはり、二人とも同じだった。

お客様相談室の業務《ぎょうむ》は苦情・クレーム対応が主《おも》である。何度やっても楽しいものではないし、ストレスも多い。三日と経《た》たずに辞《や》めるものも少なくはない。しかし、彼らはここに七年勤《つと》めているベテランであり、それだけの場数《ばかず》も踏《ふ》んでいる。電話で六時間延々《えんえん》と謝《あやま》り続けた事もあれば、謝罪《しゃざい》のため訪問《ほうもん》した先で刃物を突《つ》きつけられた事もある。彼らも人間だからまるで意《い》に介《かい》さないとまでは言えないが、たとえ詐欺《さぎ》、恐喝《きょうかつ》まがいのクレームも過《す》ぎてしまえば酒の肴《さかな》か武勇伝でしかない。それぐらいの域《いき》には達《たつ》しているのだ。少なくとも仕事のストレスが原因で入院するとは思ってもみなかった。

契約社員にしても意外と図太《ずぶと》い連中ばかりで、自分が受け持った客がどれだけ厄介《やっかい》でも投げ出すような事はなかった。

平井は二〇年間、苦情対応の仕事を続けているが、三年前に異動《いどう》になったこのお客様相談室は今までのキャリアから考えても理想《りそう》的なチームだった。各々《おのおの》がやるべき事をやりきり、手に負《お》えない難《むずか》しい案件《あんけん》は上席《じょうせき》に指示を仰《あお》ぐ。対応が長期化している悪質《あくしつ》クレーマーなどは全員一丸となって方針を検討《けんとう》し、決着すれば問題点を見直しノウハウを共有する。

平井はよく部下に、「クレーム対応は粘《ねば》った者勝ちだ」と語《かた》っていた。どんな無理《むり》難題《なんだい》を言われても、どれだけ怒鳴《どな》り散《ち》らされても、謝罪をして、できる事はできる、できない事はできない、それを懇切丁寧《こんせつていねい》に何度でも説明する。そうすれば、クレームはいつのまにか終わっている。そういうものなのだ。

二〇年間の苦情対応で培《つちか》った持論《じろん》は困難《こんなん》に立ち向かう時の拠《よ》り所であり、平井はクレーム対応のスペシャリストとして誇《ほこ》りを持っていた。しかし、今はどちらも信じる事ができない。

きっかけは一本の電話だった。

「すいません、そちらで購入したＤＶＤが再生できないのですが」

至《いた》って普通の顧客だった。この時対応したのは有本《ありもと》、ベテラン社員の内の一人だ。三、四分話した後、電話を保留《ほりゅう》にした有本が「良い人すぎる」と業務端末《たんまつ》を操作しながら口にしたのが印象《いんしょう》的だった。

この時、若干《じゃっかん》ながら違和感《いわかん》はあったのだ。電話対応に慣《な》れた人間ならば、そうそう保留を使う事はない。相手が良い顧客ならばなおさらだ。業務端末で商品情報などを調《しら》べるにしても、話しながらで十分《じゅうぶん》に事足りるのである。

そうはいっても人間誰しも調子の悪い時ぐらいはあるだろう。平井はさして気にする事なく外出用の身仕度《みじたく》をする。午後に一件訪問謝罪の予定があった。相手は常習《じょうしゅう》クレーマーだ。過去に何度か訪問した事があり、不本意ながら金銭《きんせん》による解決をせざるを得なかった強敵である。だが、今回は決して引かないと決めていた。長丁場《ながちょうば》になるのは覚悟《かくご》の上だ。

夕方《ゆうがた》になると、晴《は》れ晴《ば》れとした顔で職場に戻《もど》ってきた平井の姿があった。思いのほか上手《うま》くクレームが収束《しゅうそく》したのである。

「はい……はい……。誠《まこと》に申《もう》し訳《わけ》ございませんでした。それでは明日《あす》、またご連絡いたします。はい、一〇時でございますね、かしこまりました。はい、失礼《しつれい》します」

有本の声だった。さして珍《めずら》しい言葉を使っていたわけではない。お客様相談室は謝るのが仕事のようなものだからだ。しかし、声のトーンがあまりに真剣《しんけん》すぎた。

「どうした？」

「あ、いえ、先程のお客様なのですが……」

先程の、と言われても平井には思い当たるふしがなかったが、よくよく考えれば、その日有本が顧客《こきゃく》の事で話しかけてきたのは一度だけだ。

「良い人すぎるって言ってたお客様か。あれから、ずっと話してたのか？」

「はい」

平井が外出してから五時間は経《た》っている。クレームだったとしても、大抵《たいてい》は二時間あれば結論が見える。

「ハードクレーマーか。どんな無茶《むちゃ》を言ってる？」

「いえ、お客様は良い人なのですが、色々と難しい状況で、自分も多少ミスをして長引いてしまったのもあって、申し訳ありません。とりあえずは明日で終わりそうですが、報告書出しますか？」

「……明日で終わるのか？」

「問題ないと思います」

「クレームじゃないなら別にいいだろ。しかし、お前良い人と五時間も話してるなんて羨《うらや》ましい限《かぎ》りだな」

「その……、すいません」

普段《ふだん》なら、こんなお客様でしかもこんな事があって、などと食いついてくるところである。ミスをしたとも言っていたし、やはり体調が悪いのだろうか。「まあ、おつかれさん」と肩《かた》を叩《たた》いて、それ以上は深《ふか》く突っ込まなかった。

とはいえ釈然としないものが残った。一体どんな状況で、どんなミスをすれば、良い人と五時間も話すような事になるのか想像がつかなかったからである。

事件が起《お》きたのはそれから四日後。その日は、大した苦情もなく皆暇《ひま》を持て余していた。たまにはこういう日があっても良いなと部下に話しかけた丁度その時だ。怒声《どせい》が室内に響《ひび》いた。クレーム慣《な》れしている連中が揃《そろ》って目を点にしたのを覚《おぼ》えている。無理もない。声の主は、正社員の長谷川《はせがわ》だった。

慌《あわ》てて平井が駆《か》けつけると、有本と長谷川が声を上げながらとっくみあいをしている。

「おい、引きはがせ！」

近くの部下に命令して平井は有本をはがいじめにした。長谷川は数人に取《と》り押《お》さえられた。

「何があったんだ？」

有本と長谷川は無言で睨《にら》み合い、息を荒《あら》らげているだけだった。気まずい空気が流れる。どうしたものかと思案《しあん》していると電話が鳴《な》った。二人がビクっと硬直《こうちょく》する。奇妙《きみょう》な反応だった。

「長谷川さんにお電話です」

どうしましょう、というような声で電話を受けた部下が言った。

「席《せき》を外《はず》しているので、折《お》り返《かえ》すと言え」

「なに言ってんですか。大丈夫ですって。出られますよっ」

「……本当だな？」

「当たり前でしょう。何年この仕事してると思ってんですか」

自分に言い聞かせるような口調だった。有本はそれを聞いて長谷川から目を背《そむ》けた。電話に出られるぐらいの冷静《れいせい》さがあるなら大事には至《いた》らないか。緊張《きんちょう》しながらも長谷川を見守る。一言、二言、相槌《あいづち》を打つ。普段通りの対応だった。いや、違う。長谷川の全身は震《ふる》えていた。相槌を打つごとにその震えは大きくなっていき、平井は「代《か》われ」と耳打ちしようと長谷川に近づく。

「いい加減《かげん》にしてくれ！　あんたの相手はもううんざりなんだよ！」

平井は耳を疑《うたが》った。長谷川が顧客を怒鳴ったのである。もう体裁《ていさい》に構《かま》ってはいられない。受話器《じゅわき》を握《にぎ》る手を押さえつける。しかし、

「異常だよ、あんた。狂《くる》ってるよ！　それでも人間かよ！　なあ、人間かって聞いてるんだよ、このクレーマー野郎っ！　死んじまえ！」

長谷川は平井の手を振《ふ》り払《はら》い、受話器を叩きつけるようにして電話を切った。

「馬鹿野郎っ！　なにやってんだ！」

長谷川は急に意気《いき》消沈《しょうちん》し、虚《うつ》ろな目で、「そんなつもりじゃ」「俺のせいじゃない」などと呟《つぶや》いている。

「電話番号は？」

「え……えっと、いや、今のは、その」

「今の客の電話番号と名前を教えろ！」

三度同じ言葉を繰《く》り返すと、ようやく長谷川は答えた。すぐに折り返し連絡を入れる。謝ったところで許《ゆる》してもらえるはずもないが、それでも謝るしかない。訪問謝罪は確定だろう。しかし、何度かけ直しても電話はつながらなかった。

状況を把握《はあく》しようと顧客情報を検索《けんさく》した平井は驚《おどろ》いた。長谷川が怒鳴った相手は、有本が言っていた例の良い人すぎる顧客だったのである。名前は村木《むらき》純一《じゅんいち》。対応記《き》

録《ろく》を確認するが、クレーマーではなく多少問い合わせが多い程度だった。有本の記録も、再生できないＤＶＤプレーヤーを取り替《か》える約束になっている事、いくつかの商品について説明した事、言葉遣《づか》いを注意された事しか出てこない。途中《とちゅう》から担当が長谷川に変わっているが、まるで経緯《けいい》がわからない。クレームの場合は報告書を作成し、場合によって一言一句《いちごんいっく》記録するが、そうでなければ簡潔《かんけつ》に記録するようになっているため仕方ない事ではあった。有本に聞いても、「覚えていない。大した理由じゃなかったと思う」との返事《へんじ》だった。

翌日《よくじつ》、平井は村木純一の携帯電話へ連絡したが呼《よ》び出《だ》し音が鳴るばかりだ。時間を空《あ》けて何度かかけてみるもやはり駄目《だめ》だった。あんな暴言《ぼうげん》を吐《は》かれれば出たくない気持ちもわかるが、責任者としてはこのままにしておくわけにもいかない。直接自宅まで伺《うかが》う事にした。登録《とうろく》されている住所は電車で二時間、徒歩《とほ》一五分ほどの距離《きょり》だ。かなり遠いが、訪問をやめる理由にはならない。非《ひ》は完全にこちらにあるのだ。

村木純一の自宅は、大きくも小さくもない一戸建《いっこだ》ての家だった。インターホンを鳴らすが留守《るす》である。夜まで待てばさすがに帰ってくるだろうかと考えていると、携帯が鳴った。職場からだ。

「平井だ」

電波《でんぱ》が悪いのか、相手の声がワンテンポ遅《おく》れて聞こえてきた。

「……室長。すいません、決裁権《けっさいけん》が必要なお客様から連絡があったのですが」

「今日は有本が代理《だいり》だと言っただろ」

「……それが、有本さんはそのお客様の対応中に倒《たお》れてしまって、さっき救急車《きゅうきゅうしゃ》で運《はこ》ばれました」

「倒れた？」

「……はい。どうすればいいでしょうか？」

今回の一件で、長谷川には休暇《きゅうか》を出してある。決裁権があるのは平井だけだった。

「すぐに俺からその客に連絡を入れる。名前と連絡先を教えてくれ」

「……都合《つごう》が悪いから折り返しは困ると言われているんです。今日もう一度連絡するからと電話を切られてしまって」

平井はこの場で状況《じょうきょう》を聞いて決裁しようかと考えたが、やはり戻る事にした。いずれにしても現場《げんば》に責任者が不在というのはまずい。

「もう一度、電話があったら五時以降《いこう》に連絡をもらうようにしてくれ。急《いそ》いで戻る」

「……わかりました」

平井は郵便《ゆうびん》受けに用意しておいた封筒《ふうとう》を入れた。中の書類には、先日の長谷川の失《しっ》言《げん》に対するお詫《わ》び、訪問したが不在だったため改めて謝罪に伺う事、日時《にちじ》はお客様の都合に合わせるため連絡をいただきたい、といった内容が記載《きさい》されている。

いつでも電話に出られるようにタクシーをつかまえた。幸《さいわ》いにも車中で携帯が鳴る事なく会社に到着したが、領収書《りょうしゅうしょ》をもらい忘れてしまった。しかし、現場に戻るのが急務《きゅうむ》だ。

「連絡はあったか？」

なぜか誰からも返事がない。職場の空気が一目《ひとめ》でおかしいと感じ取れた。そこかしこで電話が鳴っている。なのに、誰一人取ろうとしないのだ。

「おい。どうした？　なぜ誰も電話に出ない」

「……連絡はありました」

ようやく先程の答えが返ってきた。

「どうなった？」

詰《つ》め寄《よ》ると部下は目線を一台の電話機に移動させた。

「通話中か」

部下の返事はやはりワンテンポ遅《おそ》かった。平井はいらいらした。

「どんな状況だ？」

答えない。一人一人に聞いて回ったが誰からもまともな答えが返ってこなかった。

思わず平井は声を荒らげる。

「ふざけるのもいい加減にしろ！　こっちは俺がやるから、お前らはさっさと電話に出ろ！」

ようやく正気を取り戻したかのように一人、二人と電話に出始めた。平井も受話器に手を伸《の》ばそうとして、ある事に気がついた。保留になっていないのである。当然先程の怒鳴り声も筒抜《つつぬ》けだっただろう。こんな初歩《しょほ》的なミスはいくらなんでも初《はじ》めてだ。なにかがおかしい。平井は不可解《ふかかい》でならなかったが、事態《じたい》を収束させるためにもまずは顧客の対応が先決《せんけつ》だ。受話器の口を押さえて平井は聞いた。

「お客様の名前は？」

ワンテンポ遅れて部下は答えた。

「……村木純一様です」

「……はい」

背筋《せすじ》が冷《つめ》たくなった。ありえない。しかし。相反《あいはん》する考えが頭を巡《めぐ》った。

平井が受話器を耳に当て、いざ名乗《なの》ろうと息を吸《す》い込《こ》んだそのタイミングで、あろうことか相手の声が先に受話器を通過《つうか》した。

「今日は大変でしたね、平井さん、ご苦労《くろう》様です」

穏《おだ》やかな口調、確かに良い人だと評価する以外にないだろう。だが、平井は確信した。二〇年間クレーマーと接《せっ》し続けた彼の経験が痛烈《つうれつ》に訴《うった》える。こいつは黒だ。それも、限りなく真っ黒だと。

「さて、なにから話しましょうか？」

完全に主導権を握られていた。

クレーム対応をするにあたって、一番重要なポイントは相手の目的を知ることだ。クレーマーにも様々《さまざま》なタイプが存在して、金銭《きんせん》の要求や、謝罪を希望する者、ただ自分の知識をひけらかしたいだけの場合もあれば、担当者を困らせて溜飲《りゅういん》を下げるのが目的の相手もいる。そして、往々《おうおう》にして彼らは自分の目的をはっきりとは口にしないのだ。相手の言葉の節々《ふしぶし》、あるいは感情や声の調子《ちょうし》からそれを読《よ》み取《と》らなければ相応の対処《たいしょ》は難しい。金銭を要求している相手に、平謝《ひらあやま》りするだけでは一向《いっこう》に苦情《くじょう》は収《おさ》まらないだろう。勿論《もちろん》、金を払《はら》って解決するのではなく、クレームの争点《そうてん》を絞《しぼ》って話す必要があるという意味である。

平井は大抵のクレームなら、五分も話せば相手の裏《うら》が大体見える。だが、今回はまるで意図《いと》がつかめなかった。ただ言える事は、村木純一は用意周到《しゅうとう》で、賢く、柔軟《じゅうなん》さがあり、悪質な上、極めて異常だという事だ。

彼の要望《ようぼう》を言葉通《どお》りに捉《とら》えるならば以下の通りである。平井を含《ふく》め職員全員に敬語《けいご》を徹底《てってい》させる事、六二六箇所《かしょ》の間違いを指摘《してき》される。DVDプレーヤーが再生出来なかった件《けん》を含め各商品の改善《かいぜん》、計三四品《ひん》七〇箇所の問題を指摘される。お客様相談室の運営《うんえい》について、責任者の不在、対応者の昏倒《こんとう》、電話の保留中怒鳴り声が聞こえたなど、四七箇所の問題を指摘される。いずれも原因《げんいん》や責任の所在《しょざい》、会社としての見解《けんかい》などを執拗《しつよう》に追及され、説明を求《もと》められる。そのクレームの数はまさに膨大《ぼうだい》と言えた。

そして、一つの問題について改善策を提案《ていあん》する、または説明を行うとしよう。そうすると彼の指摘により、新たにそれ以上の問題が発覚《はっかく》するのである。たった一つの問題についてさえクレームになれば細心《さいしん》の注意を払う必要があり、解決までにはかなりの精神力を消耗《しょうもう》する。それが、ねずみ算式に増えていくのだ。あっという間に処理《しょり》できるキャパシティを超《こ》え、挙《あ》げられた問題を把握する事さえ困難に陥《おちい》る。その上、村木純一は信じがたい記憶力で何度でも正確に問題を列挙《れっきょ》してみせる。

先の見えない堂々巡《どうどうめぐ》りの苦情に心は損耗《そんもう》し、自身の欠点を執拗に指摘される事で意《い》欲《よく》を失《うしな》い、有能《ゆうのう》すぎる顧客の存在を前に言い訳という逃《に》げ場もふさがれ、ただひたすら謝り続ける以外の術《すべ》をなくす。次第《しだい》に電話対応そのものに苦痛《くつう》を感じ始め、蓄積《ちくせき》されるストレスは加速度的に増《ま》していく。行《い》き着《つ》く先は、有本、長谷川のような精神障害《しょうがい》だ。彼らは村木純一という顧客と話した事を覚えていない。医者はあまりに過《か》度《ど》のストレスを受けたのが原因だろうと言う。更に深刻《しんこく》なのは、電話機やその音についてのみならず人との会話《かいわ》に対しても回避《かいひ》傾向《けいこう》にあり、万が一それらに接すると、めまい、動悸《どうき》、しびれなど自律神経《じりつしんけい》に異常が現《あらわ》れ、発作《ほっさ》的にパニックを起こすという事だ。現在、彼らは治《ち》療《りょう》中だが日常《にちじょう》生活を取り戻せるかさえ危《あや》ういという。

　これが恐喝まがいの悪質クレーマーだったなら話は早《はや》い。法的解決を図《はか》るまでだ。文書で弁護士《べんごし》に窓口を移管《いかん》すると告《つ》げればそれで終わりだろう。だが、村木純一の要望はあくまで正当《せいとう》な顧客の権利《けんり》なのである。たとえ職員が心的外傷後ストレス障害《PTSD》になろうと、それは会社が責《せき》を負《お》うべき労働環境《ろうどうかんきょう》の問題であって、彼に非があるわけではない。その事は、彼の要求を一方的に拒否《きょひ》できないという理由でもある。正当な問い合わせを無下《むげ》に断《ことわ》ったとなれば、どのような風評《ふうひょう》被害が起こるか見当もつかないのだ。近年《きんねん》ではインターネットの普及《ふきゅう》によって、一般人でも企業に与《あた》える影響は極《きわ》めて甚大《じんだい》なものとなる。悪質クレーマーの嫌《いや》がらせによって、新製品の売《う》れ行《ゆ》きが左右《さゆう》されたという話も珍しくない。まして、村木純一の主張《しゅちょう》は正しい。二人の社員が入院した事も彼が原因だという証拠《しょうこ》はないのだ。それだけに下手《へた》を打《う》てば会社の経営《けいえい》が傾《かたむ》きかねない。

平井は未《いま》だ村木純一の目的を計《はか》りかねていた。手段としては最悪だが一度は金銭的解決もやむなしという判断《はんだん》にも至ったのだ。本社との会議で決まった支払《しはら》い限度額《げんどがく》は一〇〇万円。法外《ほうがい》だが、このまま村木純一から受けるであろう人的被害に比《くら》べればまだ少ないぐらいだ。なにせ、現在このお客様相談室はほぼ役割《やくわり》を果《は》たしていない。他の顧客からのクレームは全て放置《ほうち》している状況なのだ。その程度で縁が切れ業務再開の目処《めど》が立つなら、むしろ喜《よろこ》んで払わせていただきたいというのが本音《ほんね》である。しかし、村木純一は申《もう》し出《で》を断った。受け取る理由がない、と言うのだ。逆に顧客の要求に対して真摯《しんし》に取り組もうとせずに金銭で方《かた》をつけようとは極めて不誠実《ふせいじつ》な対応、と叱責《しっせき》を受けた。まったくの正論《せいろん》に返す言葉もなかった。

彼は一体何を望《のぞ》んでいるのか？　何度か電話口で言葉を交《か》わす内にうっすら見えてきたものがある。深い深い憎《にく》しみ。底知れない憎悪《ぞうお》と怒《いか》り。穏やかな口調に垣間《かいま》見える、何か得体《えたい》の知れない薄気味《うすきみ》悪《わる》さが、そう語っている気がした。だが、平井はとうとう結論《けつろん》を出す事ができなかった。なぜなら――

午前九時。始業開始と同時に電話が鳴った。五分間電話が鳴り続けた後、平井は受話器を手にした。

「おはようございます。エマージェンシーカスタマーセンターの榊原《さかきばら》と申します。室長はいらっしゃいますか？」

予期《よき》せぬ相手だった。

エマージェンシーカスタマーセンター。耳慣《な》れない固有名詞《こゆうめいし》に平井は記憶の内を探《さぐ》る。思い当たったのは本社から届《とど》いたある重要書類だった。大門寺グループ、宮ノ内グループ、エクストラコーポレーション社が苦情対応部門を統合した新会社『DEM』を設立したという内容だ。大門寺グループに属《ぞく》している平井の会社も、センターの立ち上げにこそ関《かか》わらなかったものの、ゆくゆくは苦情対応部門であるお客様相談室をエマージェンシーカスタマーセンターに吸収《きゅうしゅう》させる予定だった。

「私が室長の平井だ」

「大門寺グループよりわたくしどもに緊急《きんきゅう》通信が入りました。要請《ようせい》に従《したが》い当センターにて、そちらで対応中の村木純一様の全履歴《りれき》、録音《ろくおん》を確認、本日をもって当該《とうがい》顧客をＩＰＢＣと認定《にんてい》しました」

「ＩＰＢＣ？」

「ご存《ぞん》じないですか？」

馬鹿にするなという口ぶりで平井は答えた。

「Inhuman Pervertedness Badness Complainer。訳《やく》は非人間的異常性悪質クレーマーだったか」

「あまり良い印象をお持ちではないようですね」

声に出てしまったかと平井は内心で苦笑《くしょう》しつつ、無理もないと開《ひら》き直《なお》った。正直言って、嫌いな言葉なのである。

「苦情対応業務を営《いとな》む人間には逃《に》げ口上《こうじょう》としか聞こえないからな。顧客全体に不信《ふしん》を買う言葉を当たり前のように使うのは嘆《なげ》かわしい話だ」

ある程度苦情対応のノウハウが蓄積されたお客様相談室などでは、しばしば通常の顧客と悪質クレーマーを区別《くべつ》する場合がある。どれだけ合理《ごうり》的な説明をしても、過《か》剰《じょう》な額の慰《い》謝料《しゃりょう》を請求《せいきゅう》したり、実害《じつがい》と関連性のない不当要求《ふとうようきゅう》を繰り返すような顧客には一方的に対応を打ち切る、あるいは弁護士に窓口を移管するといった具合《ぐあい》に、どの会社でも標榜《ひょうぼう》している『お客様がご納得《なっとく》するまでの対応』をしないのである。

しかし、ＩＰＢＣというのは言葉通り顧客を異常かつ悪質と定《さだ》め、非人間的とまで断《だん》ずる事だ。顧客第一主義《しゅぎ》が当たり前となっている今日《こんにち》の企業では受け入れにくい考え方であるのはもとより、悪質クレーマーを排除《はいじょ》する方針にある苦情対応部門でさえ過剰な防衛策《ぼうえいさく》という意見が多い。ＩＰＢＣと見なされた顧客はその正当な権利すら有していないとされるからである。

「貴重《きちょう》な助言として今後《こんご》の参考《さんこう》といたします」

「そうするといい」

「しかし、わたくしは村木純一様をＩＰＢＣとして扱《あつか》います。ご了承《りょうしょう》くださいませ」

平井は妙に頭にきた。先程の言葉がまるで意味を成《な》していないからである。

「君は、丁寧に言えば無礼《ぶれい》が許されると思っているのか」

「失礼いたしました」

まるで感情のこもっていない機械《きかい》的な口調である。苦情対応を専門に扱う新会社の人間がこのレベルか。平井はむなくそ悪くなると同時に落胆《らくたん》した。

「それが無礼だと言っているんだ。言っちゃなんだが、君の言葉にはまったく誠意《せいい》を感じない。それで顧客の対応ができると思っているのか？」

「お心遣《づか》いありがとうございます。ですが、わたくしはお客様の対応をいたしません」

ならばこの男は、社内間の取《と》り次《つ》ぎ業務のみを行う人間なのか。

「わたくしが対応するのはＩＰＢＣでございます」

平井は怒鳴るのを必死《ひっし》で堪《こら》えた。今の発言はＩＰＢＣが顧客ではないと言っている事に他ならない。

「村木純一様につきましては今後、対応窓口をエマージェンシーカスタマーセンターに移管します。まもなく村木純一様からそちらへお電話があるかと存じますが、取り次いでいただくのは難しいでしょうか？」

「構わないが、君のような未熟《みじゅく》なオペレーターがあの顧客の対応をするのは無理がある。君も録音を聞いたのなら自分の手には負えないと思うだろう。私が事情を説明してあげるからSVに代わりなさい」

相手の応対《おうたい》の至《いた》らなさと意識の低さに憤《いきどお》りを感じたが、それ以上に可哀想《かわいそう》だと思った。誰が出たところで今更《いまさら》村木純一をどうにかするなど不可能だろう。だとしても、このオペレーターにはあまりに荷《に》が重《おも》すぎる。

「本当に取り次いでいただくことは難しくないのでしょうか？」

今度は的外《まとはず》れな質問にため息が漏《も》れる。取り次ぎなど、ただ専門の担当から連絡させると説明し了解をもらうだけの話である。クレームの場合は確かに神経《しんけい》を使うが、新人でもなければ今更苦労しないだろう。

「どういう意味だ？」

半《なか》ば喧嘩腰《げんかごし》でそう問いかける。

「おわかりになりませんか？」

　無性に頭にきた。

「だから、どういう意味だと聞いている！」

「わたくしが電話をかけてから室長が出られるまでに五分一二秒かかりました。その間、一体なにをなさっていたのですか？」

　平井は答える事ができなかった。

「あなたはたび重《かさ》なるＩＰＢＣの対応で軽度《けいど》のストレス障害に陥《おちい》り、電話に恐怖心を抱き始めていらっしゃいます。そのため電話に出るのをためらったのでしょう。普段より怒りっぽくなっているのも通話にストレスを感じているからでございます」

「ふざけるのもいい加減にしろっ。ぶっ殺すぞ！」

　平井ははっとした。自分の発言が信じられなかった。そう、彼の心もすでに村木純一によって蝕《むしば》まれていたのだった。榊原の決断《けつだん》は早かった。

「そちらへの入電《にゅうでん》は全てエマージェンシーカスタマーセンターへ転送《てんそう》します。五分ほどで設定が完了しますので、その間お電話には出ないでくださいませ」

「……うちに転送電話の契約《けいやく》はないはずだが……」

「宮ノ内電気通信の回線をお使いですので当センターの権限《けんげん》で転送設定に変更が可能

でございます」

宮ノ内電気通信の電話通信網《もう》は国内シェア九割を超えるほぼ独占状態《どくせん》である。事実上、殆《ほとん》どの固定電話に対して設定の変更が可能という意味だ。

「転送設定が完了いたしました。そちらでも当センターの対応がモニタリングできるようになっております。未熟者で大変恐縮《きょうしゅく》ではございますが、よろしければ今後の参考にお聞きくださいませ」

平井は驚きを隠《かく》せなかった。解決してみせると彼は言ったのだ。

「本日、村木純一様の対応窓口移管につきましては、エマージェンシーカスタマーセンター第八フロアSV榊原常光《じょうこう》が承《うけたまわ》りました」

失礼します、と電話が切断《せつだん》される。平井はすぐさまマニュアルで遠隔《えんかく》モニタリングの方法を調《しら》べた。村木純一の声を想像するだけで背筋が凍《こお》りつくようだったが、それ以上にエマージェンシーカスタマーセンターのSVの、榊原の対応が気になったのだ。

三十分後、村木純一からの入電があった。

「お電話ありがとうございます。エマージェンシーカスタマーセンター担当榊原でございます」

第一声は完全にへりくだった顧客第一主義である担当者を印象《いんしよう》づけた。落《お》ちついた低《ひく》めの声に、クレーマーの神経を逆撫《さかな》でしない程度の絶妙《ぜつみよう》な笑みが含まれている。まさに完璧《かんぺき》なオープニングトーク。

なのに、違う。

根本的《こんぽん》なものが明らかに異《こと》なる。榊原の声はまるで村木純一のそれと同じなのだ。好印象を与えるはずの声は、うすら寒《さむ》くなるほど得体の知れない何かを孕《はら》んでいた。

「今、エマージェンシーカスタマーセンターと言いましたが、以前はお客様相談室ではなかったですか？ 電話番号は間違っていないようですが」

「仰《おつしや》る通りでございます。お客様へのサービス向上《こうじよう》を目的に問い合わせ窓口を当センターへ変更いたしました」

「なるほど。サービス向上ですか。それは素晴《すば》らしい。さすがです。以前より質《しつ》の高いサービスを提供《ていきよう》してもらえるということなんですね」

「勿論でございます」

「頼《たの》もしいですね。以前は、責任者の方すら私の言ったことをなかなか覚えてくれなくて、がっかりしたものです」

なにを無茶な事を、と平井は思った。あんな膨大《ぼうだい》な数の要望を記憶できるわけがない。村木純一は常《つね》にそうなのだ。にこやかな口ぶりで近づいて来ては平然《へいぜん》と無理を押しつける。それまで和気《わき》藹々《あいあい》と話していたはずが、いつの間にか窮《きゅうち》地に立たされているのである。

「誠に申し訳ございませんでした」

「わかってもらえればいいんです。それじゃ、私が以前指摘した問題点がそちらに伝《つた》わっているか確認したいのですが、榊原さんは把握《はあく》されてますか？　もしくは担当の方がいますか？」

把握していないと答えれば、引き継ぎのずさんさを指摘される。把握していると答えれば、今度は七〇〇を超える要望全てを挙《あ》げろと言われるだろう。どちらも選《えら》べない。とはいえ、無言のままいるわけにもいかない。

「記録をお調べいたしますので、お名前と電話番号を教えていただけますか？」

とりあえずは形式通り本人性《ほんにんせい》確認、しかしその後一体どうするつもりなのか。あれだけの量の要望だ、業務端末に記録しておいたとしても目を通すだけで三〇分はかかる。経緯を理解しようとすれば、二時間はくだらないだろう。

村木純一は素直《すなお》に名前と電話番号を口にし榊原はそれを復唱《ふくしょう》した。

「村木様、以前頂戴《ちょうだい》いたしましたご意見《いけん》をふまえましていくつか改善したことがございます。ご説明いたしますが、お時間は大丈夫《だいじょうぶ》でしょうか？」

　馬鹿な。たかが一つや二つの問題を改善したところでこの顧客が納得するわけがない。平井は榊原の意図がまったくつかめなかった。

「是非《ぜひ》、聞かせてください」

「かしこまりました。まずは村木様のご要望ですが大まかに分けさせていただくと三点になるかと存《ぞん》じます。お客様相談室の運営の問題、商品の問題、職員の応対スキルの問題です。間違いございませんか？」

「そうですね」

「この内の二点、お客様相談室の運営、職員の応対スキルの問題につきましては村木様のご意見を受けまして当センターに対応窓口を移管することで改善を図りました」

　なんという無茶な力業《ちからわざ》だろうか。問題点が膨大すぎるといって全てをすげ替《か》えた。しかも嘘《うそ》である。エマージェンシーカスタマーセンターに窓口を移管したのは村木純一がＩＰＢＣに認定されたからで、直接連絡がつながったのは平井に取り次ぎを行う事が困難だったからだ。だが、顧客にそれを知る術はない。

「私の意見で新しい対応窓口を設《もう》けたということですか？」

「左様《さよう》でございます。貴重なご意見ありがとうございました」

沈黙《ちんもく》が流れる。平井は自分が対応しているわけでもないのに心臓を締《し》めつけられるような緊張感に息が詰まった。

「素晴らしい対応です」

「恐《おそ》れ入《い》ります」

「では、商品の問題はどうしますか？」

「ご指摘いただいた問題が改善されるまでは今後、全ての商品を取り扱わないようにいたします」

これも嘘だ。指摘された不具合が同商品全てに共通しているかも確認がとれていないのである。メーカーへの返品は不可能だし、不良在庫《ざいこ》にするには数が多すぎる。そもそも苦情対応部門にそこまでの権限は与えられていない。

「ですが、お客様が取《と》り寄《よ》せをご希望の場合はお断りするわけにもいきません。そのため、商品の欠陥《けっかん》をわかりやすく説明する目的から見本を店頭《てんとう》におくことにいたします」

顧客がその見本を使用した上で購入《こうにゅう》したいと言えば店側に断るのは難しい、とでも言う気か。そんな一時しのぎの説明をしたところで来店されれば何も変わっていない事があっさりばれる。だというのに榊原の口調には恐れや不安がまったく感じられない。まるで顧客が来店はしないと確信しているかのようだ。

「とてもよくわかりました。満足《まんぞく》です」

拍子《ひょうし》抜けするほど簡単な解決。だが、あっけなさすぎる。クレーム対応にしては、上手くいきすぎているのだ。

「他にご不明な点はございませんか？」

すうっと息を吸う音が聞こえ、平井は訳《わけ》もわからず体を震わせた。

「それでは最後に、榊原さんが答えていない質問に答えてもらえますか？」

村木純一は遊んでいたのだ。絶対的優位《ゆうい》に立てるカードを切らず、対応が終わると思わせて、油断したところを嘲笑《あざわら》う。榊原は彼の手のひらの上で踊《おど》っていたにすぎない。ただし、平井が、そして村木純一さえ想定していなかったのは全てを承知《しょうち》で踊っていた事である。

「かしこまりました」

その丁重《ていちょう》な響きが、牙《きば》だった。

「パルソック製《せい》DVDプレーヤー型式《かたしき》DVD324HS。約《やく》七時間以上の連続使用により底面部右側およそ縦《たて》三センチ横《よこ》七センチの長方形部分が加熱《かねつ》されやすい。またリモコンに音量ボタン、トレイ開閉《かいへい》ボタンが備《そな》わっていない。シャルス製のハンカチーフ商品名——」

各商品《かく》三四品七〇箇所、旧《きゅう》お客様相談室職員《しょくいん》の応対六二六箇所、旧お客様相談室の運営四七箇所。村木純一の指摘した全ての問題が些細《ささい》な解釈《かいしゃく》の違いさえなく正確に列挙《れっきょ》された。

「——以上でございます。お間違いございませんか？」

長い無言の時間が、肯定と終わりを告げ《つ》ていた。もしも村木純一が最初から全力で榊原の失言《しつげん》を誘《さそ》い、問題点を徹底《てってい》して追及《ついきゅう》し、言葉でプレッシャーをかけ続ければ、あるいは違う結果になっていたかもしれない。しかし、彼はそうしなかった。いや、する必要がないと思わされたのだ。榊原は以前指摘した問題を把握しているかと聞かれた時、話をそらし直接的な回答をしなかった。改善策を提案した際も、大まかに問題を三つに分ける事でそれを避けた。なぜか？　そうする事によって村木純一はこう考えるからだ。「この担当者は問題を把握しきれていない」と。結果、村木純一はいつでも形勢を覆《くつがえ》せると盲信《もうしん》したまま榊原に主導権を握《にぎ》らせた。収束に向《む》かったクレームが再《ふたた》び加熱するほど対応者の精神を削《けず》る事はない。クレーム対応者の心理を読《よ》んだ効果《こうか》的な作戦だろう。しかし、榊原はその村木純一の心理を更に読んだ。

「……間違いはゼロだ。君を甘く見ていたよ」

村木純一の口調が初めて崩《くず》れた。クレーム対応には流れがある。今更、その流れを戻す事はできないと悟《さと》ったのだろう。

「お褒《ほ》めの言葉として頂戴いたします」

「さっきは最後と言ったけれど、恥《はじ》のついでにもう一つ質問していいかな？」

「勿論でございます」

「君はなぜそっち側《がわ》に？」

平井にはその質問の意味がわからなかったが、榊原は即答《そくとう》した。

「村木様のようなお客様にご納得いただくことがわたくしのなによりの幸《しあわ》せでございます」

「そう……」

村木純一の対応を始め一週間、話せば話すほど解決は遠《とお》のき先が見えなくなっていった。毎日、プライベートでさえ村木純一の事が頭から離れずに精神的にも限界《げんかい》がきていたのかもしれない。正社員二名が入院し、残《のこ》りの契約社員も殆ど出社拒否《きょひ》状態。お客様相談室の存続《そんぞく》自体が危《あや》ぶまれ、なお増え続ける問題にがんじがらめになり、半ば諦《あきら》めかけていた。

「本日《ほんじつ》はエマージェンシーカスタマーセンター担当榊原が承りました」

通話《つうわ》時間五九分二三秒。
完璧なＩＰＢＣ対応であった。

第一章「ＳＶ《スーパーバイザー》」

地獄《じごく》の声を聞く方法を知っているか？

それにはある場所、ある道具《どうぐ》、ある資格《しかく》が必要だ。

公憤《こうふん》、私憤《しふん》、悲憤《ひふん》、義憤《ぎふん》、鬱憤《うっぷん》、あらゆる怨嗟《えんさ》の声が鼓膜《こまく》を突《つ》き抜《ぬ》ける。権力《けんりょく》も暴力《ぼうりょく》も正義も悪も優《やさ》しさもそこでは何の役にも立ちはしない。全ての人間が均《ひと》しく孤独《こどく》で平等《びょうどう》だ。頼《たよ》れるのはただ言葉一つ。だからこそ、剝《む》き出《だ》しの醜《みにく》い本性で誰もが呪怨《じゅおん》をぶつけるのだ。飛《と》び交《か》う声は殺意《さつい》の銃弾《じゅうだん》、一たび耳を通りすぎれば脳髄《のうずい》に響《ひび》き、不快《ふかい》な感覚が胸にねっとりと染《し》みをつける。その地獄の中へ無関心《むかんしん》な顔をして一人の男が足を踏み入れる。

大抵の人間が見上げるほどの上背を持つ男は、黙っていれば女性の注目を集めそうなぐらいに端整な顔立ちだが、時折覗《のぞ》かせる眼光はやはり地獄に相応しく、鬼をも凍《い》てつかせる冷気を放つ。

ある場所とはエマージェンシーカスタマーセンター、ある道具とはワイヤレスヘッドセット、ある資格とはモニタリング権限である。全ての条件を満《み》たしたそのスーパーバイザー《SV》榊原常光は、業務端末《たんまつ》を起ち上げコールセンター用顧客関係管理《CRM》システム『BRAIN』を起動《きどう》、画面上に座席《ざせき》コードを入力し、モニタリングのアイコンをクリックした。

途端《とたん》、怒鳴り声が耳を劈《つんざ》く。

「どういうことなんだよっ！」

説明しよう。定型句《ていけいく》である。コールセンターの特にクレーム対応時に興奮《こうふん》した顧客が発《はっ》する確率《かくりつ》が一番高いのがこの言葉だ。意味としては、『ふざけんな』の部類《ぶるい》に入る。そのため、馬鹿正直に説明しようとすると十中八九《じゅっちゅうはっく》また怒鳴られる。

「はい。あの、説明します」

「説明なんていらねえよ！」

この通《とお》りである。とはいえ、しばらくは何を言っても同じなので、何を言っても構《かま》わない。相手の怒《いか》りを必要以上に煽《あお》らなければ、そのうち息切《いきぎ》れするだろう。熟練者《じゅくれんしゃ》はわざと怒らせ息切れを早《はや》めたりもする。

「え、あの、でも、今」

「うっせえよっ！　金を返せばそれでいいんだって、いい加減わかれって！」

「あの、でも、わたしお金借《か》りてません」

説明しよう。天然《てんねん》である。日常生活では場を和《なご》ませ男性の愛情と保護欲《ほごよく》をかき立てる事この上ないが、クレーム対応時には管理責任者《かんりせきにんしゃ》であるＳＶの胃の痛《いた》みをかき立てる事もこの上ない。

「誰があんたに金を貸したって言ったよ！　あんたの会社だよ会社、あんたの会社に金を返せって言ってるんだよ！　あんた馬鹿か、馬鹿だろ！　どうせ三流大学卒業《そつぎょう》なんだろ。だからそんなに馬鹿なのか。どこの大学出てんだよ？　言ってみなよ」

「あ、はい、えっと」

「言えないの。言えないほど馬鹿な大学なんだ」

「いえ、あの、わたしは」

「そっかぁ。困ったね。馬鹿大学出身のお馬鹿ちゃんはさ。もしかして、短大？　うわー最悪。もう底辺《ていへん》じゃん底辺。やべ、馬鹿が感染《うつ》る、どうしよー」

「わたし、大学は」

「更に浪人《ろうにん》したとか。げー、それって目も当てらんない。俺だったら自殺《じさつ》しちゃうよ～。よく生きてられんね？　もう人生終わったって感じ？」

これが個人的意見押《いけんお》しつけ型《がた》自己妄想過剰《もうそうかじょう》すぎ系《けい》他人の話聞かないタイプである。クレーマーは他人に嫌《きら》われる性質《せいしつ》を複数《ふくすう》合わせ持つ事が多い。俗《ぞく》に言う、マルチスキルだ。嘘に決まっている。だが、どうにも当人はそう思っているふしがあるだろう。

「あの、わたしまだ高校生です！」

コールセンターではベスト3に入るほどのNGワードだが、榊原は眉《まゆ》一つ動かさない。どうせ相手は怒りで覚えていないだろう。もしかしたら、今の発言も聞き逃《のが》した可能性さえある。万が一指摘されたところでこの程度の顧客なら問題になどなりはしない。上席対応になれば五分でもみ消《け》してみせる。その程度の実力と自信がなくてなにがSVか。こんな事は日常茶飯事《にちじょうさはんじ》なのだ。

「なに？　高校生ってことは、バイトなの？」

ぬるい。想定《そうてい》される二七パターンの中でも最悪にぬるい返答《へんとう》だ。榊原には相手の脳《のう》から記憶を抹消《まっしょう》する方法が一瞬《いっしゅん》で八通《とお》りは思いつく。

「いえ、正社員です」

当然、彼女の対応はその方法にかすりもしない。またこのような回答《かいとう》を専門用語《ようご》で矛盾《むじゅん》回答という。勿論、辞書《じしょ》には載《の》っていない。しかし、そんな用語を作りたくなるほどコールセンターにはすぐバレる嘘をつくオペレーターが多いのだ。

「嘘つくんじゃないよ！　高校生ならバイトに決まってるでしょ！　あーもう、あったまきた。高校生なんか馬鹿もいいとこじゃん。話してらんねえ。さっさと上の人に代《か》わって！」

「でも、わたしは、社員なんですよ」

「社員でも高校生は馬鹿なんだよ！」

とりあえず社員については認《みと》めてくれたらしい。馬鹿と言った奴《やつ》が馬鹿だというのは確か小学生の理論《りろん》だったたか、あながち間違いとは言えないのかもしれない。

「申し訳ございません」

「申し訳ないじゃない！　馬鹿なんだから！　馬鹿は馬鹿らしく言われたとおり動けばいいんだよ！」

「どうすればいいですか？」

「だから、代われって言ってんだろ！　っとに高校生は馬鹿だな！」

「それは、できないんですよ」

「できない、じゃねえよ！　やるの！　わかる、お客様は神様《かみさま》って知ってるよね？」

「はい」

「神様の言うことは聞かなきゃ駄目《だめ》でしょっ？　それくらい高校生でもわかるよね？

社会の常識《じょうしき》だよ、これ」

「申し訳ございません」

「だから、申し訳ない、じゃないっつーの！　あんたどこの高校だよ！　どーせお馬鹿女子校とかなんでしょ。お客様になめた口利くのはさ、テストで百点取ってからにしろよな！」

「……はい……」

「んだよ、声が小せえな。おめえ、偏差値《へんさち》いくつだよ？　聞こえねえよ。謝罪は大きな声でって、常識だろうよ。な、きーいーてーまーすーかー？　きーこーえーてーまーすーか？　お馬鹿ー、お馬鹿ちゃんちゃんよー、ったく、使えねえな！」

「……申し訳ございません……」

その声にクレーマーが怯《ひる》んだのを榊原は聞き逃さなかった。

「……な、なんだよ、そりゃ駄目だろー、そこはさー、なあ、わかるよな？」

「……はい。申し訳ございません」

「いや、だからさ、ちゃんとやってくれればいいんだよ。さっきみたいにさ。別にあんたが悪いことをしてるわけじゃないんだからさ」

クレーム対応は心理戦《しんりせん》だ。勝敗《しょうはい》を分けるのは業務知識《ちしき》や丁寧な言葉使いではない。

かけひきやハッタリ、洞察力《どうさつりょく》、語調《ごちょう》、威圧感《いあつかん》、あらゆるものが武器《ぶき》となる。当然、涙もその一つだ。

「申し訳ございません……」

「……まあ、こっちも怒って悪かったね。今日はもういいよ」

「あの、でも」

「忙《いそが》しいから、また連絡するよ」

「はい。わかりました。申し訳ございませんでした」

通話が切断される。

今の顧客は十中八九、連絡して来ないだろう。場合によっては二度と女性のオペレーターには強気《つよき》に出られないかもしれない。

榊原は慣れた動作《どうさ》でワイヤレスヘッドセットを頭から外《はず》し首に提《さ》げると立ち上がった。

エマージェンシーカスタマーセンター第八フロア。一般《いっぱん》的なコールセンターと同様にフロアには並《なら》んだ業務用の机がパーティションで区《く》切《ぎ》られ、一席ごとに業務用端末デスクトップ一台、ノート二台の計《けい》三台、ヘッドセット、主電話機、バックアップ用電話機が置《お》いてある。

第八フロアはセンター内では少人数チームのためスペースの約半分が空席《くうせき》だ。管理者一人で目が行き届《とど》くように二列に並んだ机の内側《うちがわ》にオペレーター達は配置《はいち》されている。その一角に、案《あん》の定《じょう》気まずい雰囲気《ふんいき》が漂《ただよ》っていた。

中心にいるのは如月《きさらぎ》ほたる。真《ま》っ赤《か》な目から大粒《おおつぶ》の涙をこぼし、セーラー服の袖《そで》で拭《ぬぐ》っては、またこぼす。先の通話からもわかるように現役《げんえき》女子高生である。

少しウエーブのかかったふわふわのミディアムボブを明るめに染《そ》めていて、小動物のように愛くるしい瞳《ひとみ》の下には泣《な》きぼくろが二つある。震えている小さな唇は桜色で、思った事と直結している表情《ひょうじょう》は常に頭の足りない様子を漂わせつつも愛嬌《あいきょう》に溢《あふ》れ、泣き顔さえも愛らしい。守ってあげたくなるオーラを全身から放出する彼女は、第八フロアのマスコット的存在だ。

なんとかしろよ責任者、と周囲《しゅうい》の非難めいた視線が榊原に突き刺さる。榊原は動《どう》揺《よう》のあまり石像《せきぞう》のように無機質《むきしつ》な目をしていた。表情の変化《へんか》が人間味に欠《か》けるのが彼の欠点《けってん》である。

「如月」

潤んだ二つの瞳が怯えながら何度も瞬きし、助けを求めるように榊原を見た。大抵の男性なら軽く籠絡《ろうらく》できそうなほど可愛らしい反応だが、榊原は親の仇《かたき》でも見るかのような目で彼女を見下ろした。

「なにをしている？」

「……ぐす……ごめんなさい。すぐにやります」

ほたるは赤く腫《は》らした目でディスプレイを見つめ、キーボードを叩き始めた。榊原は監視《かんし》するかのように彼女の真横《まよこ》に立つ。

「対応が終わったら泣きやめといつも言っているはずだ」

責《せ》めようと思ったわけではない。榊原は気配《きくば》りやねぎらいなどおよそ友好《ゆうこう》的な人間関係を構築《こうちく》するのに必要な行為全般《ぜんぱん》が苦手《にがて》なのである。できないといっても過言ではない。

「ひっく……ごめんなさい……す、すぐに泣きやみますから……えっく……ごめ、ん……なさい」

泣きやもうと思えば思うほどほたるの目からは涙がこぼれる。焦《あせ》った榊原の顔面《がんめん》は、人を人とも思わぬ殺人マシーンのそれだった。

「もういい。リフレッシュルームで泣きたいだけ泣いてこい」

「い、いいえ、本当に大丈夫ですから」

「泣いてこいと言った。命令だ」

「……わかりました。行ってきます」

ほたるはまたセーラー服の袖で目をこすりながらとぼとぼと離席した。

「常光、自己採点《じこさいてん》はどうよ？」

隣《となり》の席から声をかけてきたのは川守田一文《かわもりたひとふみ》。擦《す》り切れたジーンズに無地《むじ》のTシャツと今時《いまどき》の若者にしては質素《しっそ》な衣服なのは、芝居《しばい》という文化《ぶんか》を世の中に提供《ていきょう》する団体を主催《しゅさい》しているからだろう。単純に言えば金がないのだ。

「滞りなく休憩に入ったんだから上出来《じょうでき》だ」

川守田はくつくつと笑い出した。

「滞りなく？　滞りなくって言ったか今？　いや、ま、確かにお前にしちゃそうかもな」

「なんだ、今のは駄目か。なにが悪い？　言ってみろ」

「いや、なにがってなにもかも悪いだろうよ。世間一般じゃあの言い方はパワハラっつーの」

「わからん。どんな言い方でも結果が同じなら別に構わないだろう」

川守田は口を手で押さえ、もだえながら机をバンバン叩いた。

「や、やっぱ、お前向いてねえ、かははは……いえ、製品《せいひん》のご案内《あんない》ではなく取扱説明書《とりあつかいせつめいしょ》に書いてありますよ」

　川守田は通話中である。顧客が喋《しゃべ》っている間ヘッドセットのマイクをミュートにしていたのだ。本来は咳払《せきばら》いや保留ができない状況でＳＶに指示《しじ》を仰ぐ時などに使用するものだが、殆どはこのように対応中雑談《ざつだん》をするために使われていたりする。

「向いてないのは知ってるが」

　榊原は誰に言うでもなく呟《つぶや》いた。

「そんなことはありませんよ。大事なのは言葉ではなく心なんです。ですから、榊原さんの誠実《せいじつ》な心はきっと伝わりますよ。わたしが保証しますね」

　そう話しかけてきたのは涼風救《すずかぜすくい》。足を揃え背筋《せすじ》をピンと伸《の》ばした姿勢《しせい》でたおやかに喋る彼女には清楚《せいそ》といった言葉がよく似合《にあ》う。レースをあしらった黒のロングスカートと真っ白なフリルタイ付《つ》きのブラウスもいっそう清《きよ》らかさに拍車《はくしゃ》をかけている。首に提げたシルバーのロザリオは、彼女がクリスチャンである証《あかし》でもあった。

「いやいやいや、世の中そんなに甘くないって。心なんてもんが伝わるなら、誤解っつう言葉はないわけで……お客様、それは誤解ですっ。よく見てください。二六ページにありますので、はい、真ん中ですね」

「悲しいことですけどわたし達は誤解もします。でも、人の心を動かすのは、やっぱり人の心なんです。言葉が使えなくたって、ちゃんと伝わるものがあるんだと思います。ほら、川守田さんがお芝居で人を感動《かんどう》させようと思ったらやっぱり心をこめないと駄目ですよね？　それと同じなんです」

「救ちゃんさ、役者はみーんな役《やく》の気持ちになって演技《えんぎ》してると思うかもしんないけど違うんだぜ。まずは台詞《せりふ》、とにかく台詞っつうことで、たとえまったく心がこもってなくてもお客さんを納得《なっとく》させるのが……はい、心からお詫びいたします。申し訳ございませんでした」

「それなら、川守田さんが心をこめて演技したらお客様は感動で胸がいっぱいです。頑張《がんば》ってくださいね」

川守田に向かって救はにっこりと微笑《ほほえ》んだ。

「あ、ああ。ありがと。がんば……ええ、誠心誠意《せいしんせいい》努力させていただきます。今後このようなことがないように厳《きび》しく指導《しどう》します。はい。お電話ありがとうございました」

「それにほたるちゃんは優しくていい子ですからきっと大丈夫です。榊原さんのことちゃんとわかってくれてますよ」

「それはない」

「どうしてですか？」

救は榊原の目をじっとのぞき込む。榊原は目を背けて答えた。

「弱味を見せた覚えはない」

「弱味じゃなくて、榊原さんのいいところをちゃんとわかっているって意味ですよ」

「長所は短所だ。弱味と変わらん。で、涼風」

「はい、なんでしょう？」

「通話中だろ。どういう状況だ？」

「お祈《いの》りが終わるのを待ってます」

いつもの事ながら榊原には不思議《ふしぎ》でならない。一体なぜクレーマー達が彼女の前にことごとく懺悔《ざんげ》をする結果《けつか》になるのか。単純《たんじゅん》なトークスキルだけでは計り知れない何かがそこにはある。以前、救に尋《たず》ねたところ「愛ですよ」との答えだった。榊原は愛も武器《ぶき》の一つか、と解釈《かいしゃく》した。清純、誠実、清楚、静謐《せいひつ》、この世のあらゆる清らかなものを集めてくれれば多分彼女になるのだろう。

「いいよな、救ちゃんは。俺なんて毎日謝って謝って謝って、ようやく許してもらうんだぜ」

「あら、川守田さんの声も素敵《すてき》だと思いますよ。沢山声色《こわいろ》があって尊敬《そんけい》してしまいます」

通称七色《なないろ》ボイス。クレーマーのタイプに合わせ川守田はその声を七色《なないろ》に変化させる。その声を最大限クレーム対応に生かす事ができるのはやはり川守田だけだろう。

「それに、このお客様は元々《もともと》クリスチャンだったんです。きっと波長《はちょう》が合ったんですね」

「んなこと言って、こないだはヤクザに泣きながら足を洗《あら》うって言わせてたじゃん」

「あのお客様は根《ね》がいい人だったんです」

「涼風から根が悪い客の対応をしたという話は聞かん」

「救ちゃんにかかれば誰でも根はいい人だもんな」

「きっと、運がいいんです」

「なるほど。運がな。ありそうな話だ」

川守田は「ないない」と手を振《ふ》って、

「ほんっと常光は適当《てきとう》に返事するよな。そんなら救ちゃん、あれはどう思うよ？」

川守田が親指を傾《かたむ》けた方向にはいかつい一枚レンズのサングラスをかけた壮年《そうねん》の男がいた。国分寺重雄《こくぶんじしげお》である。職種《しょくしゅ》を間違えているとしか思えない体軀《たいく》はまとった黒スーツでは隠せないほど隆々《りゅうりゅう》としている。よく見れば彼の業務端末だけが他とは違う。音声ブラウザ仕様《しよう》なのである。障害者《しょうがいしゃ》枠で採用《さいよう》された彼は視力が殆どないという。

嘘か誠か、噂《うわさ》によると諜報員《ちょうほういん》として各国の秘密機関《きかん》に二〇年間潜入《せんにゅう》していたらしい。視力を失《うしな》ったため、諜報活動を続けられなくなり転職したのだとか。そんな噂が出回るのも、国分寺の家系《かけい》を古くさかのぼると、忍者の一族だった事がわかるからである。これは本人に聞いたので間違いないだろう。しかし、一九〇センチを超えるその巨体《きょたい》はどこに居ようと目立つ事この上ない。忍《しの》ぶには相当《そうとう》の無理がある。

「国分寺さんは、少し怖《こわ》いです」

「あれま、意外」

「きっと、あんまり話したことがないからです。見た目で判断《はんだん》してはいけませんね」

「いや〜、ありゃどう考えても見た目通りっしょ。なあ、常光……って常光ちゃーん？」

榊原は立ち去《さ》った。無視したわけではない。ただ業務終了時間が近いので、他のオペレーターの様子《ようす》をモニタリングしようと思っただけだ。結果的には無視なのだが、彼の頭に一声かけてからという発想《はっそう》はなかった。

自席《じせき》に戻った榊原はワイヤレスヘッドセットを頭に装着《そうちゃく》し『ＢＲＡＩＮ』のモニタリング機能を起動させた。

「っかんねー奴だな！　届《とど》いた時から壊《こわ》れてんだよ。お前のとこの会社は不良品を送りつける詐欺会社か！　ああ⁉」

「旦那《だんな》、嘘はいけやせんぜ」

コールセンターのオペレーター全員がビジネス敬語を使いこなす事ができると思ったら大間違いだ。むしろ、間違った敬語を平気で使っている人間が殆どである。中には独創《どくそう》的な言葉使いでＳＶの度肝《どぎも》を見事に撃《う》ち抜《ぬ》く天性《てんせい》のスナイパーがいるが、彼、国分寺重雄もその一人である。

「今度は客を嘘つき呼ばわりか！　お前よ、調子に乗《の》るのもいい加減にしろよ。俺はお前んとこの株主《かぶぬし》だからな。お前はクビだ。明日から会社来んなっ」

「後ろで奥さんがそんな嘘をついてないで早く仕事《しごと》に行っておくれと泣いてやすぜ」

国分寺の聴覚《ちょうかく》は電話越《ご》しに地面に落ちた針《はり》の音を聞き取れるという。

「……っぐ……くそっ、お前が大声出すからばれちまったじゃねーかっ！」

語るに落ちた。榊原は勝利《しょうり》を確信しモニタリングの相手を切り替《か》える。

「その店員の女の子、髪《かみ》は染めてる、ピアスはしてる、おまけにデブでブサイク。お宅《たく》は一流で通ってるんだから、そういう店の品位《ひんい》を下げるような子をカウンターに置いておくのってどうなのかしら？　裏で荷物運びでもさせとけばいいんじゃないの？」

　苦情というかただ愚痴《ぐち》をぶちまけたいだけとしか思えない。こういうクレーマーを相手に正論で答えると長引くだけなのでとりあえず謝るに限《かぎ》るが、それはそれで神経を使うしむかつくのだ。オペレーターがいら立ちのあまりに失言してしまうケースも珍しくない。もっとも今電話に出ている人間に関《かん》して言えば心配するだけ無駄《むだ》だろう。

「はい！　すべて僕の責任です！　親愛《しんあい》なるお客様にそんなご不快な思いをさせてしまいどうやってお詫びを言えばいいのか、考えるだけで夜も眠《ねむ》れません！」

「あなたね、責任者なんだから僕はないでしょ。あなたみたいな無能《むのう》な人間が管理をしてるからそんなことになるのよね。どう責任をとってくれるのよ？」

「ああ、すいませんすいませんすいません。どうかこの馬鹿で無能で犬以下の自分をお許しください。鞭《むち》に打たれようと、針に刺《さ》されようと、お客様のために命がけでご奉仕《ほうし》いたします」

「そ、そう、まあ一応反省《はんせい》はしてるみたいね」

　明《あき》らかに顧客は引いている。

「けどね、その女の子、お釣《つ》りを片手で渡《わた》したのよ。信じられる？　あなただったら、お客様にはどうやって渡すかしら？」

「そ、そんなご無礼《ぶれい》を、ま、誠に申し訳ございませんでした！　今度《こんど》お客様にお越しいただいた際には自分が土下座《どげざ》をして頭を伏《ふ》せたまま両手で釣り銭《せん》を差し上げます！」

「……さ、さすがね。それくらい誠意を見せてくれたらわたしだって怒ったりしないのよ」

「はい！　もったいないお言葉、お客様のご慈悲《じひ》に深くふかーく感銘《かんめい》いたしました！」

「……それじゃ、これからはしっかりしてよね」

「はい！　またのお越しをいつまでもいつまでもお待ちしております！」

二時間は愚痴らなければ電話を切りそうにないクレーマーを一五分で終話に導《みちび》いたのは三谷仁志《みたにひとし》。小学校でいじめられ、中学校でいじめられ、高等学校でいじめられ、とうとういじめられる快感《かいかん》に目覚《めざ》めた真性《しんせい》マゾである。無類《むるい》のクレーム耐性《たいせい》を誇《ほこ》る彼に問題があるとすれば、今の顧客を含め対応した相手は皆二度と来店しようという気を起こさない事ぐらいだ。もう一つあった。いつお客様をご主人様と呼び出さないかと気が気でない事である。

榊原はまた別の座席コードを入力しモニタリングを始めた。

「つまり、利用できなかった期間《きかん》があるのは認めるが返金《へんきん》には応《おう》じないとそういうわけですね？」

「はい」

「それはなぜですか？」

今度は粘着質《ねんちゃくしつ》の理論派《りろんは》クレーマー、俗に言うネチネチ系である。嫌われるクレーマーベスト3には入るだろう手強《てごわ》い相手だが、迎《むか》え撃つオペレーターの声には微塵《みじん》の動揺も見られない。

「会社の方針ですので」

「利用できないのに金を払えというのが会社の方針ということですか？」

「そうです」

「それはおかしいと思いませんか？」

「思いません」

「どうしてですか？　サービスを提供できてないのにお金を払えと言っているんですよ」

「そうです」

「なぜそれがおかしくないんですか？」

「会社の方針ですので」

「……会社の方針って、じゃ、あなたはどう思ってるんですか？」

「会社としての方針をご案内しようと思っています」

「そうではなくて、あなたがわたしの立場《たちば》だったらどう思うかってことです！」

「どうも思いません」

「……あなたと話していても仕方《しかた》ありませんね。もっと柔軟な判断ができる人に代わってください」

「構いませんが、この件はわたしが決裁権を持っています。他《ほか》の者が対応してもわたしが判断することになりますよ」

「じゃあ、あなたが返金をしてくださいよ。言っておきますがこんなのは詐欺同然ですよ」

「どこが詐欺でしょうか？」

「詐欺じゃないですか！　金だけ取ってサービスは提供しないなんて！」

「具体的には刑法《けいほう》や民法《みんぽう》の何条どの部分に抵触《ていしょく》しますか？」

「そんなことは知りませんよ！　専門家じゃないんですから！」

「では専門家にご相談《そうだん》するといいでしょう」

泉海平《いずみかいへい》またの名を金の亡者《もうじゃ》。誰もが嫌がるクレーム対応に望《のぞ》んで向かう彼のモチベーションは金である。病弱の母、鬱《うつ》病の父、アルツハイマーの祖父《そふ》、寝たきりの祖《そ》母《ぼ》を家族に持つ彼は父親が会社を経営していた頃《ころ》に作った借金《しゃっきん》を返すためにトリプルワーク生活を一年間続けている。入社直後、誠実さの塊《かたまり》のような人間だった海平は、借金返済と家族との軋轢《あつれき》により徐々《じょじょ》に徐々にすり切れていった。その朗《ほが》らかな笑顔は摩《ま》耗《もう》し今では欠片《かけら》さえ残っていない。疲《つか》れ果て、くたびれて、それでも金というものに執着《しゅうちゃく》する何かに成りはてた。クレームの処理《しょり》件数によって成果報酬《インセンティブ》が支払われるエマージェンシーカスタマーセンターで、海平がクレーマーに屈《くっ》する事はまずありえないだろう。どんな理屈《りくつ》も恫喝《どうかつ》も、その冷たい一言ではねのけるのである。

「……もういいです。こんな殿様《とのさま》商売してたらすぐつぶれますからねっ」

「はい。失礼します」

海平の対応は消費者が聞けば横暴《おうぼう》に感じるかもしれないが、クレーム一つ毅然《きぜん》と断れないようでは苦情対応部門としての存在意義《そんざいいぎ》を問《と》われる。近年、相次《あいつ》ぐ企業不祥《ふしょう》事《じ》と消費者意識の高揚《こうよう》、見え透《す》いた顧客第一主義を掲《かか》げる企業の数々など様々な問題が積《つ》み重《かさ》なりお客様相談室やカスタマーセンターへのクレーム件数は増加の一途《いっと》を辿《たど》っている。顧客の権利を超えた不当要求を繰り返すクレーマーの手口《てぐち》の巧妙《こうみょう》化、数年にもわたって平行線の対応を余儀《よぎ》なくさせる悪質クレーマー達は苦情対応部門の悩《なや》みの種《たね》だ。しかし、それらはまだ程度《ていど》の軽《かる》い方なのである。

二〇二二年七月七日、事件《じけん》が起きた。ある企業のお客様相談室の職員十数名が心的外傷後ストレス障害《PTSD》ないしは対人恐怖症《たいじんきょうふしょう》などを発症、事実上その部門の運営継《けい》続《ぞく》が不可能《ふかのう》となった。会社の公式発表《こうしきはっぴょう》では一人の顧客による悪質な行為が原因とされた。マスコミはこの事を大々的に取り上げ、消費者からは企業への非難や抗議《こうぎ》の電話が相次ぎまもなくその会社は倒産した。

数ヵ月後、同様《どうよう》の事件が発生する。今度は七件同時だった。新聞やニュースでは、ＩＰＢＣ――非人間的異常性悪質クレーマー――の文字を頻繁《ひんぱん》に見かけるようになった。

事態《じたい》を重く見た大門寺、宮ノ内両グループは東日本全域《ぜんいき》にコールセンターを構えるアウトソーシングの老舗《しにせ》企業エクストラコーポレーション社に協力を要請《ようせい》し株式会社『ＤＥＭ』を設立、クレーム対応専門のコンタクトセンター、エマージェンシーカスタマーセンターの立ち上げに着手《ちゃくしゅ》した。

ＩＰＢＣ対策としてあらゆるメディアではやし立てられた『ＤＥＭ』社は、消費者意識を鑑《かんが》み、公式にはいわゆる一般の苦情対応部門であるとの見解《けんかい》を発表、業務フローやマニュアルなどを公開する異例《いれい》の措置《そち》をとった。万が一、ＩＰＢＣと誤認《ごにん》された顧客は通常得《え》られるはずの権利さえも損《そこ》なう恐《おそ》れがあるからである。

かくして表向きはクレーム対応のアウトソーシングサービスを宣伝《せんでん》しながらも、ＩＰＢＣ対策チームの結成《けっせい》を画策《かくさく》した。それが公式発表には存在しない第八フロアである。

二〇二三年六月二日、エマージェンシーカスタマーセンターの稼働《かどう》開始日、早くも第八フロアに緊急コールが鳴り響いた。大門寺系列《けいれつ》に属する百貨店のお客様相談室に異常なクレーム案件が飛び込んだのだという。その時点で、室長をのぞいた全職員が業務不能状態、内二人は心的外傷後ストレス障害《ＰＴＳＤ》の診断を受けていた。

第八フロアは当該顧客をＩＰＢＣと認定、お客様相談室からエマージェンシーカスタマーセンターへ対応窓口を移管した。

センターの運営を軌道《きどう》に乗《の》せるためにもデビュー戦での敗北《はいぼく》は許されない。当センターの最高責任者織田典光《おだのりみつ》センター長は第八フロア専任《せんにん》ＳＶ榊原常光にＩＰＢＣ対応業務を指示する。コールセンター経験《けいけん》者とはいえ、初の苦情対応部門での業務、初のＩＰＢＣ対応、その若《わか》さからセンター内の誰もが不安をあらわにした。

ヘッドセットを装着した彼の歯が僅《わず》かに鳴る。震えていた。無理もない。これほどの重責《じゅうせき》を背負《せお》うには経験が足りなさすぎる。だが、電話がつながったその瞬間《しゅんかん》、彼の震えは止まった。無表情なその顔に物質《ぶっしつ》的な変化はまるで見られない。しかし、笑っていた。誰もがその顔を見て歓喜《かんき》していると思ったのだ。

そこから先は、エマージェンシーカスタマーセンターの語り草だ。通話時間僅か五九分二三秒で彼はIPBCを退《しりぞ》けた。

榊原にとってIPBCの手口と異質《いしつ》さは慣れ親しんだものである。それゆえ初対戦にもかかわらず、相手の心理を見透《みす》かし退ける事に成功《せいこう》したのだ。しかし、他の人間はそうもいかない。エマージェンシーカスタマーセンターにおいてさえ、現状でIPBCに対抗《たいこう》できそうなのは、八名しかいないSVクラスの人間のみだろう。それも、彼らがIPBCの事をよく理解していればの話である。

当初の第八フロアのメンバーもオペレーターとしては優秀《ゆうしゅう》な人間ばかりだったが、IPBCの対応を行うには力不足であり、やがて一人、また一人と退職《たいしょく》していった。

現在、第八フロアの一期生は榊原しか残っていない。

二期生以降《いこう》、榊原はクレーム対応に特化《とっか》した人材《じんざい》を第八フロアに集《あつ》めた。エクストラコーポレーション社の全オペレーターの録音を聞き、素質《そしつ》のある人間を引き抜いたのだ。

IPBC対応ができるのは戦う意志《いし》のある人間だけである。現在の第八フロアの人員はオペレーターとしては欠点だらけだが、決して引く事を知らない。なによりその欠点こそが、クレーム対応においては大きな武器となる。榊原はそう考えている。だが、その考えに反対する人間も少なくはない。

「今、時間いいですか、榊原ＳＶ」

早速やってきた、と榊原が振り返る。正義感たっぷりの顔で仁王立ちしているのはＱＡチームサブ《Ｓ》スーパー《Ｓ》バイザー《Ｖ》宮ノ《みやの》内《うち》可憐《かれん》だ。着席した榊原とほぼ同じ高さの目線と風に飛ばされそうな華奢すぎる体型が、勇ましく威嚇してくる姿とはあまりに不釣り合いで、まるで一生懸命背伸びする子供を連想させる。就業規則に則《のっと》った何の変哲もない黒髪ストレートは中学生と見紛うばかりの童顔に拍車をかけ、舌っ足らずな口調と怒りの沸点が若干低い事などからセンター内では思春期彼女との愛称で呼ばれているのを知らないのは本人だけだろう。

「ち、宮ノ内か」

「ちょっと榊原ＳＶ、なんですか、その態度は！　ＱＡチームだからって馬鹿にしてるんですかっ！」

　ＱＡチームのＱＡとはQuality Assurance、『品質保証《ひんしつほしょう》』という意味だ。ＱＡチームはセンターにいる全オペレーターの対応をモニタリングし個人応対カルテを作成《さくせい》、管理責任者であるＳＶやオペレーターに評価《ひょうか》結果をフィードバックする事で、コールセンターの品質を保証あるいは向上《こうじょう》させている。榊原の考えと真っ向からぶつかるのは当然だった。

「ぎゃあぎゃあ嚙《か》みつくな。声が入る」

宮ノ内がはっとして周囲を見渡す。対応中のオペレーターに異変が起きていない事を確認すると声を細めて会話を再開する。口調は相変わらず厳しいままだ。

「納得のいく説明をしていただけますか？」

宮ノ内は束《たば》になった書類で榊原の胸を叩いた。応対カルテである。分厚《ぶあつ》い。エマージェンシーカスタマーセンターの誇《ほこ》る優秀なＱＡチームはきめ細《こま》かなフィードバックに定評《ていひょう》があるが、宮ノ内のそれはとりわけ細かい。重箱の隅《すみ》を箸《はし》でつつくような細かさである。

「目を通しておく」

「けっこうです。内容は前回とまったく同じですから。第八フロアの六名は改善した点がまったくありません。また、改善しようとする努力も見られません。どういうことでしょうか？」

「貸せ」

と榊原は応対カルテに赤のボールペンで速記し、宮ノ内に突き返した。

「合計三一箇所、文章に問題がある。直してから持ってこい」

添削された部分は誤字、脱字だったり単純な文章の誤りや読み手によって解釈が分かれる表現などだ。ＱＡチームではセンターに入電した全案件をモニタリングまたは録音を確認して問題点を洗い出すといった膨大な業務量をこなさなければならないため、どうしても作成したカルテの見直しといった正確性を高めるための時間を割く事ができない。

実際《じっさい》、宮ノ内は五人同時にモニタリングするという聖徳太子《しょうとくたいし》顔負けの離《はな》れ技《わざ》をやってのけるが、なおかつ残業しなければ終わらないだけの仕事があった。

「これぐらい問題ないと思います。普通に考えればわかるじゃないですか」

「なめんな。改善しろと人に言うなら自分で完璧なものを仕上げてからにしろ。これを見るオペレーターは些細な間違いも許されないクレーム対応が業務だ。これぐらい問題ないと思ったら、どう責任をとる気だ？」

「……わかりました」

納得できないという顔で宮ノ内は引き下がった。榊原の言う事にも一理ある。しかし、なにかにつけて応対カルテを突き返されればもはやイチャモンとしか思えないだろう。事実、榊原はどんなに完璧な応対カルテだろうとまた適当に問題点を指摘するつもりなのだ。

「ちゃんと作れば使ってくれるんですよね？」

「使えればな」

「なんですか、それ。やっぱり馬鹿にしてるじゃないですかっ！」

「それこそ馬鹿だ」

「どういう意味ですか？」

「お前を馬鹿にするのは馬鹿のすることで徒労だという意味だ。いちいち説明させるな」

「……榊原ＳＶ、喧嘩売ってるんですか？」

クレーム対応時以外において榊原は他者の感情を察知する必要がないと本気で思っている。だから、彼には宮ノ内の怒りがまるで理解できない。

「喧嘩売ってるのはお前だ。面倒くさいからやめてくれ」

弾き出されたように宮ノ内が迫ってきて右手を振りかぶる。小柄な彼女は長身の榊原めがけて勢いよく飛び上がり平手打ちを全力で空振った。そのまま着地を見事に失敗、豪快に転んだ。ハイヒールだったにせよ、残念な運動神経である。

そんな宮ノ内を完全にスルーして榊原は第八フロアの面々に声をかけた。

「終礼だ。きりきり移動しろよ」

「常光、ほたるちゃん、どうするよ？　まだ戻ってきてないぜ」と川守田。

榊原は時計を見る。まだ多少時間はあった。

「呼んでくるか」


エマージェンシーカスタマーセンターのリフレッシュルームは広く、設備《せつび》も充実《じゅうじつ》している。五〇〇名が快適《かいてき》にすごせる空間に、六人用のテーブル五〇席、マッサージ器《き》二〇台、リクライニングチェアーとソファー一二五台、ブロードバンド対応ＰＣ二〇台、ＤＶＤプレーヤー一〇台、四六インチプラズマテレビ五台、サンドバッグ、パンチングマシーン、ガンシューティングゲーム機《き》、ちゃぶ台などが置いてある。自販機《じはんき》にはドリンクの他、スナック菓子《がし》、チョコレート、のど飴《あめ》、パン、おにぎりなどがそろっており、支給《しきゅう》されるＩＣカードにより一日三回までは半額割引《わりびき》が可能だ。更に仮《か》眠室《みんしつ》やシャワールーム、カラオケルームまで調《ととの》っているのは、退職率の高い苦情対応系コールセンターにおいて少しでも退職者の数を減《へ》らそうという苦肉《くにく》の策《さく》だろう。

それなりに評判《ひょうばん》のいいストレス解消《かいしょう》設備の中で殆ど利用者がいないのがカウンセ

リング室である。折角《せっかく》の休憩時間に知人《ちじん》でもないカウンセラーと話すぐらいならば、仲《なか》のいい同僚《どうりょう》とだべるか、仮眠でもとった方がよっぽどマシなのである。少なくとも、カウンセリングが必要なほどストレスを感じている人間はとっくに退職しているのだ。とはいえ、エマージェンシーカスタマーセンターに勤《つと》めている人間の数は直接電話を取らないバックヤードの職員も含《ふく》めて一〇〇〇名を超える。それだけ人間がいれば数名は物好《ものず》きがいてもおかしくはない。カウンセリング室が撤去《てっきょ》されないのはそんな物好きな人間がいるからであり、如月ほたるは間違いなくカウンセリング室の存続《そんぞく》に大きく貢献《こうけん》していた。

「だからね、ほたる。それってそんなに気にすること？　いつものことじゃないの？」

「いつもじゃないよ。いつもよりひどいの。ぜったい、ぜったい、ぜったい、役立たずだって思われた。だって、無表情《むひょうじょう》でそっけなく言われたんだよ」

江東志緒《えとうしお》は煙草《たばこ》に火をつける。カウンセラーにあるまじき行為《こうい》だが、いつものことなのでほたるはまったく気にしていない。

「ふーん、やっぱSVになっても変わんないね。無表情でそっけなくて感じ悪い」

「そんなことないっ！　そんなことぜったいないよっ！」

「あんた今自分でそう言ったでしょ」

「感じ悪いなんて言ってないよっ！」

「無表情でそっけないのが感じ悪くなかったらなんなのよ？」

「あげ足ばっかりとらないのっ。どうして志緒はそんなこと言うの。榊原さんなら——」

「絶対言わないし言ったとしてもなにか理由がある、でしょ？」

「そう、そうそう、そうなの。さすが志緒、あたしの言いたいことわかってる」

「一〇〇万回聞かされたし。もう耳にタコができた」

「大げさに言わない。まだ一万回ぐらいっ」

江東はため息まじりの煙を吐き出した。

「あんたさ、なんであんなのがいいわけ？」

ほたるの顔があっという間に真っ赤に染まった。

「い、いいい、いいって。そんなんじゃないよ？　そ、尊敬はしてるけど、そんな下世《げせ》話《わ》な感じじゃないんだから」

「じゃ、どんな感じよ？　寝《ね》たいと思わないの？」

「寝るって、エッチするってこと！　そんな恥《は》ずかしいこと平気《へいき》で言わないでっ」

「大声出さない。あんたの方がよっぽど恥ずかしいわ」

ほたるはまるで聞いてない。なぜだか頬《ほお》を紅潮させ、とろんとした目つきで「あたし、初めてだからよくわかんないけど、あの、でも……榊原さんが教えてくれたら、でも」とよくわからない事を呟いては、きゃーっと叫び出して机を叩き、一人なにかにもだえている。たまに彼女はあっちの世界《せかい》に行ってしまうのだ。

「……くれなきゃ、やだなぁ」

「ん？　なに？　なんて？」

「だ……から、最初《さいしょ》にキスしてくれなきゃ、やだ……なの」

江東は眼鏡《めがね》を外《はず》した。今年で三十路《みそじ》の大台に乗った彼女にはほたるが眩《まぶ》しくて仕方なかったのだろう。

「あのさ、わたしも学生の頃は年上で社会人の男の人がかっこよく見えた時期《じき》があったけどね。恋は盲目《もうもく》ってのも実際あるよ。でも、あの選択肢《せんたくし》はさすがにありえないんじゃないの？」

「またそうやって馬鹿にする」

「馬鹿にしてるんじゃなくて忠告《ちゅうこく》してるの。あんなのとつき合ったら絶対苦労《くろう》するわよ」

「苦労しないもん。榊原さんはあたしが困ってるとすぐに来て助けてくれるもん」

「それはそうでしょ。仕事なんだから」

「仕事じゃないときもそうなの！　初めて会ったときだって」

「ん？　初めて会ったときってこのセンターじゃないの？」

「そうだよ。ほら、あそこ、大門寺オンライン」

その名の通り大門寺銀行が運営するインターネットバンキングで、ほたるが以前働いていたコールセンターである。

「なんでそんなところで会うわけ？」

「わかんない。わかんないけど助けてくれたんだもん。ほら、あたし、失敗ばっかりするからよくＳＶの人とかに怒られるでしょ？」

「そうね」

「ひどい！　なんでフォローしてくれないの？」

「はいはい、気をつけるわよ。で、怒られるのがどうしたの？」

「もう、いつも適当な返事ぃ。でね、毎日馬鹿とか愚図とかノロマとかいっぱい言われてたの。でも、言われるのはあたしのせいだから仕方ないと思って頑張ったの。それで、初めて一日ぜんぜん失敗しなかった日があったの。周りの人もみんな頑張ったねって褒めてくれたんだよ。なのにいつも怒っているSVの人に、ちゃんとできるのにいつもは手を抜いてたんだろって馬鹿にされて、あたし違いますって言ったけど、言い訳するなとか学生だからって気楽にやってんじゃねえってすごい怒られてさ」

そういう上司はどこの会社にも大抵一人か二人はいる。相手にしないのが一番上手くつき合う方法だが、ほたるにはそんな器用な真似はできないだろう。

「そのうちに段々自分が悪いのかなって思えてきて、もうほんとに泣きそうだったんだけど、たまたま通りかかった榊原さんがそのSVの人に言ってくれたの。『言葉は凶器だ。扱い方も知らないなら一生喋るな』って。その後はなんか難しい話をしてたからわかんないけど、そのSVの人がごめんなさいって謝ってくれたし、それからはすごい優しくて、今は普通に友達だもん」

難しい話がなんなのか江東には大体の想像がつく。大門寺オンラインのコールセンターはエクストラコーポレーションに業務委託されているはずだから、エマージェンシーカスタマーセンターから顧客対応に関してフィードバックが可能な上、評価や査定に大きく影響する。またエマージェンシーカスタマーセンターへの異動は栄転といってもいいだろう。

大体、コールセンターのようなセキュリティが厳しい場所に関連会社とはいえ外部の人間がたまたま通りかかるわけがない。榊原がほたるの職場に行ったのも第八フロアの人員を確保するためで、結局は仕事なんじゃないかと思ったがとりあえず言いたい事は一つだ。

「そのＳＶの友達とは縁を切ったほうがいいわよ」

「ぜったい駄目。榊原さんのおかげでせっかく仲良くなったのにそんなことできない」

本当、恋は盲目だ。ほたるの優先順位はあくまで榊原であって、友達はまったく眼中にないのだから。

「あのさ、志緒。榊原さんって、あの……えーとさ、だから、その」

「つき合ってる人はいないわよ」

「な、なんでわかったの？」

「顔、バレバレよ」

「うー、そんな顔してるかな？　じゃさ……好きな女性のタイプとかは？」

「年下は駄目だと思うけど」

「ひどい！　なんでそういうこと言うのっ？」

「ん、なんで怒るの？　だって、ほたるはつき合いたいとかそんな下世話な感じじゃないんでしょ。だったら別に年下駄目でも関係ないんじゃない？」

「あ……ち、違うよ。今のは誘導尋問に引っかかっただけっ。ずるいっ！」

どちらかと言えば墓穴を掘ったに近いと江東は思ったが、すでにほたるが涙ぐんでいるので適当に謝っておく。

「じゃさ……昔、榊原さんがつき合ってた人とかどんな人かな？」

「知らないわよ」

この子ほんとにこれで隠しているつもりなんだろうか、と江東は足を組《く》んで灰皿《はいざら》に煙草を押しつけた。

「おかしい」

「はあ？」

「その反応、おかしいよ。いつもと違う。そういえば志緒と榊原さんって昔同じ職場だったんだよね？　なに、なになにに、なにがあったの、誰とつき合ってたの、教えてっ、今すぐ」

一体どこにおかしな反応があったのだろうか。机に身を乗り出して詰めよってくるほたるの想像力《そうぞう》のたくましさに感心《かんしん》しながら、二本目の煙草に火をつけると、ドアをノックする音が聞こえた。

ほたるがびくっと体を起こし、普段からは想像もつかない素早さでバッグから手《て》鏡《かがみ》を取り出した。

「お迎《むか》えみたいね」

もはやほたるの耳にはどんな言葉も届かないようだ。手鏡を穴があくぐらい真剣に睨んでいる。江東は外した眼鏡をまたかけた。

「榊原だ。第八フロアの如月ほたるはいるか？」

名前を呼ばれたのが嬉《うれ》しかったのか、動転したほたるが手鏡をすべらせてお手玉をしている。

「いるわよー。入ってきなさい」

返事をするとカウンセリング室に榊原が入ってきた。センター内は冷暖房完備《れいだんぼうかんび》とはいえ、夏にもかかわらず馬鹿丁寧に着込んだブリティッシュモデルのオーダースーツ、当たり前のようにネクタイまで結《むす》んだ榊原の辞書《じしょ》にクールビズという言葉はない。

「お疲れちゃん」

江東が手を振って挨拶《あいさつ》したが榊原は目線を向けただけだった。こういうところ変わらないな、と戸惑っているようにも見える彼を意地悪く観察する。

「如月の様子はどうだ？」

「目の前にいるんだから本人に聞きなさいよ」

ほたるは所在《しょざい》なげに俯《うつむ》いて座っている。

「如月、終礼には出られるか？」

「はい。大丈夫です！」

「よし、行くぞ」

「あの……榊原さん」

「なんだ？」

「えっと、その、いつも迷惑《めいわく》ばかりかけてごめんなさい。あたし、一生懸命頑張りますからクビにしないでください」

「ああ、頑張れ」

榊原は心配ないと言った、つもりだった。だが、まったくの無表情がその意図を伝えるはずもなく、ほたるには逆に「頑張らなければクビにする」という意味に聞こえた。

「ごめんなさい、ほんとに頑張りますから」

榊原にはほたるが恐縮《きょうしゅく》する理由がわからなかった。

「あんたはバイト頑張るより学校行きなさい。どうせ今日もサボったんでしょ」

「サボってないよ。……早退《そうたい》だもん」

「学校早退してバイトしてどうするの？」

「だって、シフト入ってたし」

「だから、なんで授業《じゆぎよう》があるのにシフト入れるの」

「……数学嫌いだし」

「卒業できないわよ」

「いいもん。そしたらここに就職《しゆうしよく》するから」

「ふーん、高卒《こうそつ》以上じゃないと採用《さいよう》しないのに？」

「そうやって意地悪《いじわる》ばっかり言う」

「あのねぇ」

江東がなんて言ってやろうかと考えていたら榊原と視線《しせん》が合った。

「俺も学校をサボって会社に行っていたが問題か？」

今更そんな昔の話を白状されてもね、と呆《あき》れる江東をよそにほたるが食いついた。

「本当ですか！　もしかして榊原さんも数学嫌いだったりしますか？」

「ああ、数学は嫌いだ」

「ですよねですよね。因数分解《いんすうぶんかい》がなんの役に立つのって思いますよね？」

「まったくだ。リーマン予想だ、ゴールドバッハの予想だのは考えるだけで頭が痛い。フェルマーの最終定理も自力じゃ解けなかった」

「え、ふぇ、ふぇるまー？」

二人の数学嫌いの理由はあまりにレベルが違いすぎた。

「大体あんた、赤点《あかてん》取ったりなんかしたらバイト禁止《きんし》にされるでしょ」

「そうだけど……」

「大好きな榊原さんに二度と会えなくなってもいいわけ？」

「な、なに言ってるの、志緒。違うから、大好きじゃないもん。ぜんぜん、ぜんぜん、大好きなんかじゃないよっ！」

とほたるは榊原の視線に気づき、さーっと潮が引くみたいに血の気を引かせ、じわじわと滲《にじ》んでくる涙を殆どこぼれる寸前まで溜《た》めると、両腕をぶんぶん振って交差させつつ榊原に接近を始めた。

「あ、あ、あああ、あのっ、ち、違うんです。そういう意味じゃないんですっ！」

「わからん。どういう意味だ？」

「えっと、だから、あの、だから、えーとー、そ、そういえば榊原さんに聞きたいことがあったんですけど聞いてもいいですか？」

ほたるは強引すぎるぐらいに話を変えた。

「なんだ？」

「榊原さんは好きな女性のタイプってどんなですか？　年下とか駄目ですか？」

いや、それは完全に自爆でしょ、と江東は危うく煙草を落としそうになったが、ほたるは完全にごまかしてどさくさに質問までできたと満足げだ。

「むしろ、どちらかと言えば年下の方がいい。人生経験が少ない分、与《くみ》しやすい相手だからだ」

明らかにそれは得意なクレーマーのタイプでしょ、とつっこみたいが面倒くさい事になりそうなのでやめておく。

「ほんとですか！　じゃ、あの、えっと、高校生とかは……？」

ほたるはきっと「与しやすい」の意味がわからなかったのだろう、会話がかみ合っていないのに気づいていない。

「高校生、問題ない。恐るに足らん」

「ですよねですよね、恐るに足りませんよねーっ！」

国語だけは真面目に勉強するよう今度ほたるに言っておこうと江東は思った。というか会話がかみ合っていない事に気づいているのが第三者だけっていうのはなんだかな。自分だけハラハラして馬鹿みたいだ。

「む、そろそろか。じゃあな、江東SV」

「ああ、ちょっと待ちなさい」

江東は眼鏡越しに榊原を睨む。

「君、相変《あいか》わらず笑顔《えがお》が足りないわよ。責任者なんだから昔より気をつけなさい。それに、わたしもうSVじゃないんだから普通に呼びなさいね」

我ながら意地が悪いが、さっきの腹いせにいじめてみた。

榊原は無表情に隠しながら、けれども正解を探るような声で言った。

「……またな、志緒」

懐かしいな、と江東は満面の笑みで答える。

「よろしい、じょーこー君」

親しげな二人のやりとりを、ほたるは恨《うら》めしく眺《なが》めていた。

第一フロア。大規模《だいきぼ》コールセンター並《なみ》の座席《ざせき》数を備えるエマージェンシーカスタマーセンター最大面積《めんせき》のフロアである。また、第二、第三フロアが仕切りなしでつながっているため、全体ミーティングを行う場所としても利用されている。

「遅刻《ちこく》だ、榊原」

神経質にそろえたオールバックの持ち主が眉根《まゆね》をよせて榊原を注意《ちゅうい》した。柏木聡《かしわぎそう》明《めい》である。大門寺銀行からの出向《しゅっこう》社員である彼は第一、第二、第三フロアのＳＶを兼任《けんにん》し、夏でもスリーピーススーツを着込《きこ》んでいる事から榊原とは似《に》た者同士《どうし》と思われがちだが、二人の仲は良好とは言い難《がた》い。

「最近じゃ時間通りを遅刻と言うんだな、柏木」

「馬鹿言え。ＳＶが他の奴らより遅くきて示《しめ》しがつくか」

いきなりの嫌味《いやみ》の交換に辺りの空気が険悪になる。だが、二人の戦いはまだ始まったばかりだ。

「それは知らなかった。以後《いご》気をつける」

「どうかな？」

「なにが言いたい？」

「お前はいつも口だけだからな。何回目だその台詞は」

「お前はいちいち覚えているのか？」

「二九回目だ。いい加減改《あらた》めろ」

「柏木、一つ言わせてもらうが——」

「言い訳なら遠慮《えんりょ》無く言え。場合によっては考慮《こうりょ》する」

「はったりにもＴＰＯがある。またよく相手を選べ」

「なに？」

「二六回だ。なんなら、何年何月何日何時に言ったかも教えようか？」

「はっ、相変わらず達者《たっしゃ》な口だ。遅刻してよく臆面《おくめん》もなく言えたものだな」

「そんなに褒めるな。大したことじゃない」

静かに睨み合う二人の間には今にも火花が見えそうだ。こうなったら両人とも頑《がん》として目をそらさない。石像のように微動《びどう》だにせず延々と嫌味の応酬《おうしゅう》を繰り広げるのだ。

百戦錬磨《ひやくせんれんま》のトークスキルを誇《ほこ》る彼らの間にうっかり仲裁《ちゆうさい》に入ろうものなら、トラウマになるぐらいの罵詈雑言《ばりぞうごん》を優しく浴《あ》びせられる事になるだろう。

「喧嘩をするのは構わないけどな、柏木、榊原。結果は考えたのか？」

二人の石化がまたたく間に解ける。

「申し訳ありません」

「ち」

織田爽華《そうか》。役職はチーフスーパーバイザー《ＣＳＶ》、ＳＶ達を監督《かんとく》する現場の統括《とうかつ》責任者だ。

「なにを謝っているんだ、柏木。私はただ結果を考えたか聞いただけだ。そうだろ？」

舌打ちした榊原よりも謝った柏木を責める爽華の表情はまさしく獲物を見つけたサディストの笑みだった。

「なあ、どうなんだ、柏木。考えたのか？　考えてないのか？」

考えたならば、「じゃあ、なぜそんなことをしたんだ？」と問い詰められ、考えてないならば「なぜ、考えなかったんだ？　その頭は飾《かざ》りなのか？」と意地悪く突っ込まれるだろう。聡明はそのどちらも選ばずに答えた。

「申し訳ありません。多少、注意に熱《ねつ》が入ってしまったようです。今後はこのようなことがないように厳《きび》しく自分を律《りつ》しようと……」

「そんなことは聞いてないんだ、柏木。考えたのか、考えてないのか、どっちなんだ？　オルタナティブ型の質問をしてるんだ。私がどんな答えを望《のぞ》んでいるかぐらいわかるだろ。それとも研修を一からやり直すか？　喜《よろこ》べ、マンツーマンだ」

オルタナティブ型とはAまたはBのように二択の回答を促《うなが》す質問型の事で、顧客の答えを限定《げんてい》したい場合に用いられる。そんな事は聡明もわかっている。わかっているからこそ八方ふさがりだ。だが、時間を稼《かせ》ぐ事はできる。

「ありがたい話です。ただ、自分ごときが多忙《たぼう》なチーフのお時間をいただくなどとてもできることではありません。自分の未熟《みじゅく》さはよりいっそうの努力をすることで……」

「部下が未熟だと私が迷惑するんだよ。わかってるのか、柏木」

「は。決して迷惑をかけるようなことは」

「そうじゃないんだよ、柏木。わかるだろう？」

「は。勿論わかります。わかりますが、念のため聞いてもよろしいでしょうか？」

のらりくらりと聡明は質問をかわし続けた。

「……なんだ、もう時間か。つまらん。お前も時間の稼ぎ方が上手くなったな。榊原の影響か？」

二人は同時に答えた。

「違います」「関係ない」

「くくく、似た者同士だよ、お前らは」

二人はそろって顔をしかめた。一人は無表情にしか見えなかったが。

「整列《せいれつ》」

爽華の号令《ごうれい》でそれまで雑談していた一〇〇〇名近い人間が整然《せいぜん》とした列を作った。まるで軍隊《ぐんたい》を見ているかのようである。統制《とうせい》のとりにくいコールセンターにおいて、これだけの統率《とうそつ》力は異常と言っても過言《かごん》ではない。この徹底《てってい》した管理体制こそが、爽華の実力でありまたエマージェンシーカスタマーセンターの長所でもあった。

「お疲《つか》れ様《さま》でございます」

榊原の挨拶に全職員がオウム返しで応えた。全体ミーティングの進行《しんこう》はSV及《およ》びSSVが交代で行う。今日は榊原の順番《じゅんばん》だった。

一日の入電数、アウトバウンド数、応答率《おうとう》、平均《へいきん》通話時間、平均保留時間などが周知《しゅうち》される。また、対応件数の優《すぐ》れた上位一〇名が表彰《ひょうしょう》され成果報酬《インセンティブ》が支払われる。これには救とほたるを除《のぞ》いた第八フロアの全員が該当《がいとう》した。

続いて進行役の所属《しょぞく》するフロアの詳細《しょうさい》なデータが周知される。全フロアのデータを毎日周知すると時間がかかりすぎるため、毎週一週間ごとのデータが参照《さんしょう》される。第八フロアの平均対応件数には舌を巻《ま》くことが多いがそれ以上に驚くべきは次の項目《こうもく》である。

「持《も》ち越《こ》しクレーム件数、訪問謝罪数、料金減算《げんさん》・返金数および文書作成《さくせい》数はゼロでございます」

フロア全体にどよめきが走った。またも記録更新《こうしん》である。クレーマーの要求は様々で、訪問謝罪や料金減算・返金ないしは文書での説明を行わなければスムーズな対応が行えない、または解決不可能なケースもある。少なくとも断固《だんこ》として要求を拒否《きょひ》するならその分対応は長期化するのだ。相手の要求を退けつつも対応件数を高く保《たも》ち、翌日《よくじつ》以降に対応を持ち越しする件数をゼロにするなど驚異《きょうい》としか言いようがない。第八フロアはそれをセンター発足《ほっそく》当初から続けている。どよめきと感嘆《かんたん》の声が収まらない中、榊原は報告《ほうこく》を終える。

「以上でございます。他に周知事項のある方はいらっしゃいますか？」

一人の男がすっと手をあげた。聡明である。

「どうぞ、柏木ＳＶ」

聡明は榊原の前に出て、整列した職員全体に話しかける。

「オペレーターの全員、いやＳＳＶやＳＶでさえ勘違《かんちが》いをしている者がいるかもしれんから言っておく。クレーム対応は勝ち負けじゃない。一〇〇歩譲《ゆず》って勝ち負けだとしたならば、負けなければならない。当たり前だろう。客に勝って喜んでるようなら三流だ。プロなら客を喜ばせてやれ」

列の半数は聡明の言葉に頷《うなず》いている。歯に衣《きぬ》着せぬ物言いと裏表のない性格のせいか、聡明には意外と人望《じんぼう》があった。

「お客様は神様という言葉がある。まあ、実際話している諸君《しょくん》はとっくにまともな神様がいやしないと幻滅《げんめつ》しているだろうが」

　どっと笑い声が溢れる。

「とはいえ、疫病《やくびょう》神も神様に違いない。迂闊《うかつ》なことをして取り憑《つ》かれたらたまったものじゃないだろう。気分よく電話を切ってもらえ。できる限《かぎ》りな。客が正しいこともある。会社が間違っている時もある。俺達がやるのは正しいことを正しく判断《はんだん》することだ。理屈だけじゃない、客の感情も考慮《こうりょ》される。対応件数が多いとかは問題じゃない。料金減算がゼロなど論外《ろんがい》だ。それがもしも返さなければいけない金だったらどうする？」

　聡明は横目《よこめ》で榊原を牽制した。

「会社のルールで正しいことができないなら俺に持ってこい。なんとかしてやる。その代わり正しいことは絶対に理解してもらえ。クレームだから無理だというのは泣き言にすぎん。やれることをやるだけならアマチュアでいい。やれないことをやってこそプロフェッショナルだ。俺達がどっちかは言うまでもないな。その誇りを忘れるな。以上だ」

　自然と拍手が沸《わ》き起《お》こる。熱を持ったフロアに水を差すように無機質《むきしつ》な声が響いた。

「本日もお疲れ様でございました」

二人の関係は概《おおむ》ねこんな案配《あんばい》だ。

「あんな言い方ないよっ。ぜったい、許せないっ。榊原さんがかわいそうだよ！」

珍しく怒っているほたるの声を遠くに聞きながら榊原は日報《にっぽう》を作成していた。内容《ないよう》はすでに頭の中、後《あと》は入力するだけである。それにしても速《はや》い。榊原は指の残像《ざんぞう》が見えるほどの速度《そくど》で正確にタイピングしていく。ほぼ日報が完成といったところで後《うし》ろをのっそりとした影が通りすぎた。泉海平だ。

「おつ……かれ……。そうか……返済期限《へんさいきげん》か……今月は治療費《ちりょうひ》も……」

ふらふらとおぼつかない足どりでうわごとを口にしているが仕事が終わった後の海平は大抵こんな状態《じょうたい》である。榊原の知《し》る限り彼の平均睡眠《すいみん》時間は二時間に満《み》たない。

「金《かね》、金、金……」

意識ははっきりしなくとも本能《ほんのう》に従《したが》うまま金の方向《ほうこう》へと海平は去《さ》っていった。その間に榊原は日報の作成を終え、端末をシャットダウンした。

「まだタイムカードは切ってないな、榊原」

振り向くと爽華がいた。笑顔を絶やさないのは責任者として素晴らしいが、それが含みを持っているようにしか見えないのはどうにも問題だろう。

「ああ」

榊原が落とした端末の電源を入れるのを見て、爽華の笑みが種類《しゅるい》を変える。

「お前のそういうところ私は好きだよ」

面倒な仕事を率先して片付ける部下が嫌いな上司はいないだろう、と口にすれば無駄に絡まれると想像がついたのでやめておいた。

「皆私が来ると決まって忙しそうにするからな。嫌がっているのがわかれば尚更《なおさら》押しつけたくなるじゃないか。困《こま》ったものだ」

「どんな案件だ？」

にんまりと爽華は口元を歪めた。

「久《ひさ》しぶりに網《あみ》にかかった。驚け、八号《ごう》ファイル二三位だ」

エマージェンシーカスタマーセンターには、大門寺グループ、宮ノ内グループ、エクストラコーポレーション全部門の顧客データが集約《しゅうやく》され、ＣＲＭシステム『ＢＲＡＩＮ』に保存《ほぞん》されている。八号ファイルとは、『ＢＲＡＩＮ』の特別対応顧客管理データベース内ＩＰＢＣ個別記録《こべつきろく》データの通称《つうしょう》であり、各部門が被《こうむ》った被害《ひがい》の大きさで順位《じゅんい》がつけられている。

「随分《ずいぶん》嬉しそうじゃないか」

「まさか」

「お前ぐらいだよ、IPBCと聞いて喜ぶのは」

「転送《てんそう》を受ければいいか？」

「まあ、そう急ぐな。該当の顧客は現在、宮ノ内系列のカスタマーセンターで対応中だ。転送にもまだ時間がかかるだろう。八号ファイルを検索《けんさく》しておけ。許可《きょか》は出してある」

八号ファイルは極秘《ごくひ》データの宝庫《ほうこ》である。IPBC対応は顧客の権利を侵害《しんがい》する可能性が高いため対応経緯すら社外に漏《も》れれば重大な問題になりかねない。SV権限で参照《さんしょう》は可能だが対応中の顧客に限定《げんてい》されている。参照した記録は一時間単位でチェックされ、万が一対応中以外の顧客データを参照した場合には、背任《はいにん》行為として厳重《げんじゅう》に処罰《しょばつ》される。

「わかった」

「そういうわけだ、宮ノ内。榊原に用があるのなら日を改めた方がいいぞ。いつ終わるかわからんからな」

爽華の後ろに宮ノ内がいた。応対カルテを抱《かか》えているところを見ると、早々に修正したのだろうか。仕事熱心な事だ。

「そうします。というか、榊原ＳＶに任《まか》せて大丈夫なんですか？」

先程の一件を考慮すれば無理のない発言だった。

「くくく、言われてるじゃないか榊原、信用ないんだなぁ。大丈夫なのか？　どうなんだ？　なあ？」

さも楽しそうに爽華は笑う。からかっているとしか思えない。

「不安ならモニタリングでもしていろ」

八号ファイルを参照しながら榊原が答える。

「お、大きく出たな。失敗したら恥ずかしいぞぉ」

「できればそうしますが榊原ＳＶのモニタリング担当《たんとう》はわたしじゃありません。勝手に聞けば業務規定違反《ぎょうむきていいはん》です」

「いいじゃないか、聞くぐらい減るもんじゃないし。よし、私が許可しよう」

「……いいんですか？」

「二言はないぞ」

「ありがとうございます」

業務規定に厳《きび》しい宮ノ内があっさりと折れた。相手がＣＳＶだからか、それとも単純に好奇心か。どちらにしても榊原にはあまり関心がなかった。彼の意識は今IPBCに集中している。

「どうだ、榊原、緊張してきたんじゃないか？　顔色が悪いぞぉ」

爽華の指摘通り榊原の顔色は急激《きゅうげき》に悪くなっていた。青《あお》ざめた表情で彼は言う。

「一時間四五分だ」

「どうしたんですか？」

「一時間四五分四四秒でクローズする」

まさかの予告《よこく》対応時間に宮ノ内は呆《あき》れて声も出なかった。


研修《けんしゅう》時代には誰でも苦《にが》い思い出があるだろう。モニタリングを行いながら、宮ノ内はふと昔を思い出す。

新卒《しんそつ》で電話対応の経験がない彼女には六ヵ月という比較《ひかく》的長めの研修期間が適用《てきよう》され、業務研修はエクストラコーポレーションで行われた。エマージェンシーカスタマーセンターではクレーム案件以外取り扱《あつか》わないため、新人は全員外部で研修を受けるのである。

宮ノ内は新人の中では極めて優秀だった。挨拶、名乗り、声の調子、復唱、クッションに言葉、営業意識、業務知識など電話対応に必要なスキルは研修二ヵ月にしてすでに現役《げんえき》のオペレーター以上だ。当然、着台判定《ちゃくだいはんてい》にも一番に合格した。

着台一ヵ月。様々なタイプの顧客の対応を行い、気むずかしい人もいるが話せば最後にはわかってもらえるものだと自信を持ち始めた矢先の事だ。彼女に初めてクレーマーからの電話が着信した。

第一声で怒鳴りつけられて頭の中が真《ま》っ白《しろ》になった。申し込みの際に何かトラブルがあったようだが頭がまともに働《はたら》かない。宮ノ内の要領《ようりょう》を得ない案内に顧客は更に激《げき》怒《ど》した。なんとか立て直そうと試《こころ》みたが、散々罵倒《さんざんばとう》され、やれ女はこれだから、女にまともな仕事ができるわけがないと馬鹿にされた。今時、男尊女卑《だんそんじょひ》なんて時代遅れも甚《はなは》だしい、と思ったがなんとか堪《こら》えた。堪えられなかったのは、「女はよぉ、ただの穴なんだよ」と性的な侮辱《ぶじょく》を受け、執拗《しつよう》に自慰《じい》経験や男性経験を口汚《ぎたな》く聞かれたからだ。

「客だったらなにを言ってもいいと思っている馬鹿は死ねばいいのに。いっそ殺したい」

ミュートにしていた、つもりだった。だが、ボタンを押すだけの単純操作《そうさ》のどこをどう間違《まちが》えたのかミュートにはなっていなかったのである。

顧客の怒りは心頭《しんとう》に発した。声が割《わ》れるほど電話口の向こうでがなり立て、宮ノ内を殺しに乗り込んでやると息巻《いきま》いた。営業時間が終了しても電話を切る気配《けはい》さえなく、怒りはまったく衰《おとろ》えない。宮ノ内は謝罪に謝罪を重ねたが、まったく聞き入れてもらえない。なんとか上席に取り次ぐという話に落ちつき保留した頃には、深夜《しんや》二時だった。そこで気づいた。頼みの上司の姿がどこにもなかったのである。宮ノ内は軽いパニックに陥った。今更、上席はいないと訂正《ていせい》するわけにはいかない。すぐに代わると約束《やくそく》したのに。どうしよう。追いつめられた宮ノ内は記憶《きおく》していたエマージェンシーカスタマーセンターの社内連絡用番号に電話をかけた。営業時間はとっくに終了している。いくらなんでもこんな時間まで残業《ざんぎょう》しているとは考えづらかったが、わらにもすがる思いで電話を鳴らし続けた。

「お待たせしました。エマージェンシーカスタマーセンターQAチームでございます」

電話がつながった。丁寧な口調の男性である。宮ノ内は必死《ひっし》に状況を説明したが、説明すればするほど虫のいい事を言っている気がした。こんな深夜に残っていたという事は、この人もクレームの対応中だったに違いない。これから更に他部門のクレーム対応を、それも新人の尻《しり》ぬぐいなんてやりたくもないだろう。そもそもエマージェンシーカスタマーセンターに取り次ぐにはＳＶの許可が必要だ。宮ノ内の口数は少なくなり、とうとう黙《だま》った。覚悟《かくご》を決めろ、と何度も心の中で言い聞かせた。

「……すいません。どうすればいいか指示だけでもいただけないでしょうか？」

「それでは転送してくださいませ。わたくしが対応いたします」

「ですが、ＳＶの許可がなくて……」

「わたくしが責任をとります。判断するだけの権限もございますのでご安心くださいませ」

涙声になるのをひたすら我慢《がまん》した。業務ルールを破《やぶ》って、その上自分を気づかってくれるその言葉に、心の底《そこ》からなんてお礼を言ったらいいのかわからなかった。

指示に従って保留にした通話を外線転送すると上司が戻《もど》ってきた。どうやらトイレに行っていただけらしい。考えてみれば、新人の宮ノ内を残して退勤《たいきん》するわけがない。そんな事にすら気づかないなんて相当焦っていたのだろうか。さっきの人には合わせる顔がなかった。

エマージェンシーカスタマーセンターに転送した事を上司に報告すると、結果連絡は自分が受けるからもう上がっていいと言われたが、帰っても眠《ねむ》れそうにないので、最後まで残りたいと申し出た。

対応記録を入力しながら、宮ノ内は落ち込んでいた。こんな失敗を立て続けに犯《おか》して、他部門にまで迷惑をかけて、自分には電話対応は向いてない、ましてクレーム対応専門部門で働くなんてできるのだろうか。退職しようか。そしたらどんな仕事に就《つ》こうか。そんな事まで考えていたら電話が鳴った。終わったのだろうか。それにしては早すぎる。まだ転送してから三〇分しか経っていない。なにかトラブルだろうか。

宮ノ内が電話に出ると、案《あん》の定《じょう》さっきの男性からだった。

「なにかありましたか？」

「対応は終了いたしました。お客様から、『宮ノ内様にきつく言って悪かった。謝っておいてくれ』とのお言葉をいただいて参《まい》りました」

信じられない。あの顧客がそんな殊勝《しゅしょう》な事を言うなんて。

「あの、申し訳ありませんでした。わたしのミスで。お客様の対応中にあんな事を言ってしまって」

「いいえ。問題ございません」

いっそ責められた方がマシだ。問題ないわけがない。問題ばかりだ。注意さえされない自分が情《なさ》けなくて仕方なかった。

「宮ノ内様の言う通りです」

「はい？」

「顧客ならばなにを言っても許されると思っている馬鹿は死ねばいいのです」

これでも耳には自信がある。その自信のある耳を疑《うたが》った、が、聞き間違えではないようだ。なんて返せばいいのか宮ノ内は返答に困った。

「お疲れ様でございました。失礼します」

感謝の言葉を告げる間もなく電話は切れた。かけなおそうかと思ったが、やめておいた。きっとあの人は個人的な感情を挟《はさ》まず対応しろと言いたかったのだろう。だったら、そうなろう。一人前になってあの人に認めてもらえるようになるまで感謝の言葉はとっておこう。強い目標《もくひょう》を抱いて宮ノ内はいっそう業務に励《はげ》み、研修期間が終わる頃にはクレームの二次対応も任されるようになっていた。

しかし、よくよく考えれば相手の名前を聞いていなかったのである。もしかしたら向こうは名乗ったのかもしれないが、相当パニくっていたようでまるで覚えていない。あの時は自分の所属しているＱＡチームの連絡先に電話をしたが恐《おそ》らく出たのは他チームの人間だろう。顧客対応を行わないＱＡチームが深夜二時まで残業しているとは考えにくいし、クレーム対応を行う事はまずないのだ。エマージェンシーカスタマーセンターでの業務を開始してからは、声と口調を頼《たよ》りにそれとなく探《さが》していて、似てるかも、と最近思い始めたのが榊原だった。

ただ、どうにも疑問なのだ。普段《ふだん》のやりとりから榊原はとても有能《ゆうのう》な人間には見えない。自分の作った応対カルテだって殆ど無視されっぱなしで、管理しているオペレーターなんて放置《ほうち》状態だ。確かに第八フロアは成績《せいせき》だけ見れば優れているが、それだって柏木SVも言っていたように肝心《かんじん》の顧客をないがしろにしての結果である。それに声は似ているが口調と言葉使いは全然違う。あの時、あんな優しい言葉をかけてくれた人物とは違うような気がしていた。きっと他人のそら似だと思い込もうとしていた。正直に言えば、認めたくなかったのだ。今日、榊原の対応をモニタリングするまでは。

通話時間一時間四五分四四秒。信じられない。榊原は一秒の誤差《ごさ》さえなく予告時間通り対応を終えたのである。そんな事は顧客の言葉全部を予知でもしない限り不可能だ。しかも相手は八号ファイル二三位、悪質クレーマーよりも性質《たち》の悪いIPBCだというのに。

だがそんな事よりも宮ノ内にとって大事だったのは――初めて電話越しに聞いた榊原の声。間違いなくあの時の人と同じ声、同じ口調、同じ言葉使いだった。

ヘッドセットをつけたまま宮ノ内が立ち上がると対応を終えた榊原と目が合った。彼は一直線に宮ノ内の方向へと歩いてくる。

あの時のお礼を言わないと——だけど、なんて言えば？　三〇分で終わった対応なんて榊原は覚えていないかもしれない。当然、宮ノ内の事も忘れているだろう。それに、きっとまだ全然認められていない。応対カルテが使われないのが良い証拠だ。お礼を言っても、軽く流されるに違いない。それだけならいいけど、あの時の文句を言われたら、やっぱりきつい。せめて、さっき榊原を馬鹿にするような発言をしてなければ、お疲れ様ぐらいは言えたのに。なんであんな事を口走ったんだろうと宮ノ内は後悔した。

榊原との距離が一メートル以内に縮《ちぢ》まり、そしてすぐに遠ざかっていった。あんなに急いでどこに行くのだろうか。早足で歩く榊原を追いかけてみると、男子トイレに入っていった。自分の行動を思い起こして顔が赤くなった。早とちりする性格は変わっていないのかもしれない。

席に戻って後片付けでもしようと思っていたら、男子トイレに躊躇《ためら》いなく入っていく女性がいたので驚いた。宮ノ内はそーっと男子トイレの中を覗き込んだ。

確かあれはカウンセラーの江東志緒だ。

「君、毎日毎日そんなに吐《は》いてさ、やっぱりこの仕事向いてないんじゃないの」

「余計な世話だ」

返事をしたのは榊原だった。

「相変わらず口悪いわね。あ、ちょっと袖で拭《ふ》かない。もう。ほら、使いなさい」

と江東は綺《き》麗《れい》な刺《し》繍《しゅう》のハンカチを差し出した。

「もらう」

「ありがとう、でしょ」

ひどく言いにくそうに榊原は言った。

「……ありがとう」

「どういたしまして」

「残業か？」

「そう。サービス残業。ありがたく思いなさい」

「時間の無駄だな」

「うーわ、相変わらず可《か》愛《わい》くない。誰のために残ってあげたと思ってるの？」

「知らん」

「想像しなさい。他人の厚意《こうい》にうといと出世できないわよ」

先程の発言を反省してかやっぱり言いにくそうに榊原が口にする。

「……ありがとう」

「よろしい」

「で、誰のために残ったんだ？」

江東はドスをきかせて言った。

「……じょーこー君」

「そうか」

榊原は謝りもしない。他人との会話がとても不器用なように思えた。

「今の、答えだからね」

「難しいな」

わかったのかわかってないのかわからないような言い方だが、多分わかったのだろう。

「なにか言うことあるんじゃないの？」

「男子トイレに入ってくるのはどうかと思うが」

「出てけばいいんでしょっ！」

江東は踵《きびす》を返す。慌てて宮ノ内は隠れようとするが、

「志緒」

「なによ？」

「クリーニングに出して返した方がいいか？」

「いいわよ、別に。カウンセリング室に置いといて」

「便器《べんき》の中に落としてしまったが……」

「あげるわっ！」

そんなやりとりに気を取られている内に江東が男子トイレから出てきたので、極力《きょくりょく》自然な感じを装《よそお》ってその場を立ち去ろうとしたが、

「へー、覗《のぞ》き見だ」

目が合ったのが失敗だと思う。

「ふーん、物好きねー」

「違います」

「え、じゃ、もしかして……」

江東は一歩後ずさって、両手で自分の肩を抱いた。

「そんなわけないじゃないですか！」

「じゃ、なにしてたの？」

「モニタリングですが、何か？」

二〇人同時モニタリングを可能にする特注《とくちゅう》のヘッドセットに手のひらをあてる。

「こんなところで？」

「わたしの勝手です」

「ふーん、フィードバックの必要はありそう？」

「そうですね。まず相手が自分のために残ってくれていた、ということを言わせてしまったのは減点《げんてん》です。まだまだ相手の立場に立って考えるという意識が薄《うす》いですね」

自然と日常会話の粗探《あらさが》しをしてしまうのと聞かれたら答えてしまうのは職業病だろうか。

「なにをしてたって？」

「も、立ち聞き《モニタリング》です」

「なにを？」

「榊原SVと江東先生の会話を？」

「どうして？」

「どうしてって……し、心配だったからに決まってるじゃないですか。クレーム対応が終わってすぐでしたし、毎日吐いてるって聞こえましたし」

つまり心配になったのは立ち聞きした後なのだが、江東は特に突っ込まなかった。

「じょーこー君は、クレームの後はいつもそうかな。いつも仕事終わると吐いてる。でも、絶対クレーム対応嫌《いや》がらないんだよね。むしろ、自分がやらなくていい案件までやっちゃう」

本当にそうだ。あの時だって。

「どうしてだと思う？」

「わかりません。どうしてですか？」

「さあねー」

ずるい。今のふり方絶対知ってるくせに。通りすぎる江東を視線で追いかけると、彼女は立ち止まって意地悪っぽく言った。

「知りたい？」

「教えてください！」

そんなつもりじゃなかったのに気づけば江東に詰め寄っていた。宮ノ内の勢《いきお》いに押されてか、「詳《くわ》しいことは本人に聞きなさいよ。一応、守秘《しゅひ》義務あるし」と江東はどうでもいいように前置きしてから、

「多分、待ってるんじゃないかな」

「なにをですか？」

江東の反応を見て宮ノ内は言い直した。

「誰を、ですか？」

今度は正しい質問だったみたいだ。

「お父さんを」

結局、聞けたのはそこまでで、何の事だかさっぱりわからなかった。

第二章「三者通話《さんしゃつうわ》」

吐き気が込み上げてくる。同時に脳裏《のうり》をよぎる気味《きみ》の悪い声。いつもそうだ。

雨雲《あまぐも》は水を注《そそ》ぎ。雲は声を上げた。あなたの矢は飛《と》び交《か》い。あなたの雷鳴《らいめい》は車のとどろきのよう。稲妻《いなずま》は世界を照《て》らし出し。地はおののき、震えた。

それは父親の言葉。父親の口癖《くちぐせ》。思い出したくない日々は今もなおつきまとう。

榊原の父親は厳しかった。厳しく榊原を教育《きょういく》した。社会のどこに歪みがあり、世界がいかに狂《くる》っていて、人がどれだけ矛盾《むじゅん》しているかを徹底《てってい》して教え込んだ。父親はよく榊原にクレームの相手をさせた。上手くクレームをつけるにはクレームを受ける側の立場になるのが一番だからだ。理路整然《りろせいぜん》と、不条理《ふじょうり》に、時に欺《あざむ》き、時に諭《さと》し、怒り、笑い、喜び、泣き、あらゆるクレームの応対練習《ロールプレイング》を行った。毎日、昼となく夜となく寝る間を惜《お》しんで榊原を追い詰めた。父親の声を聞くだけで気が狂いそうになり、吐き気が止まらなくなって、食べた物は殆ど吐いた。それでも責《せ》め苦《く》は終わらない。母親は味方《みかた》ではなかった。彼女は父親の言う事には一切逆《さか》らわず、榊原が泣いて助けを求《もと》めようと手が差《さ》し伸《の》べられる事は一度としてなかった。そんな母親が大嫌いで、しかし次第に感情は鈍化《どんか》していき父親の相手をしても心が動く事はなくなった。ただ、吐き気だけがいつまでも胸の奥に残っていた。

一四歳の頃、母が重い風邪《かぜ》を患《わずら》った。傍《かたわ》らにはいつものようにクレームというゲームを楽しんでいる父親の姿が目に映る。家の中を木霊《こだま》する不気味な声を聞きながら、電話口の向こうはきっと地獄だと思った。榊原も母の看病はしなかった。それが当たり前だと教えられていたからだ。ただ、母が胃液《いえき》を吐いている姿を見るのはなぜか苦痛《くつう》だった。理由はわからなかったが、彼は母親のために薬を用意《ようい》しようと思った。ほんの気まぐれなのかもしれない。こづかいをもらった記憶はないが、その時はもう中学生だ。薬一つ手に入れるのに支障はない、と思った通り風邪薬は近所の薬局で簡単に入手できた。薬の中身がなかったとクレームをつけたのである。勿論、嘘だ。レシートも外箱《そとばこ》すらない。だが、その嘘は通る、通るものだと教えられ、通す方法を教えられていた。社会はこんなに歪んでいる、父親の言う通りだった。

母親に風邪薬を渡《わた》すと彼女は榊原を抱《だ》きしめた。初めての抱擁《ほうよう》だったと思う。母親の瞳からは止まる事なく涙が溢れ続けていて、榊原はそんなに嬉しかったのかと思った。あるいはそんなに風邪が辛《つら》かったのかと。答えはどちらでもなかったが、その頃の彼にはわかるはずもなかった。

　母親は離婚《りこん》を決意《けつい》した。榊原を連れて遠くへ逃げ、しばらくは穏やかな日々が続いた。相変《あいか》わらず榊原は感情の変化に乏《とぼ》しかったが、母親は生まれてからの十数年を取り戻すように彼に話しかけ、抱きしめて、笑った。だが生活は苦しく、毎日の食費《しょくひ》にも困るほどだった。母親はあまり長時間外に出る事ができず、収入《しゅうにゅう》の殆どは単価の安い内職《ないしょく》でまかなわれていたのである。人に怯えているようにも見えた。榊原には食べ物を手に入れる事も、金銭を手に入れる事もできた。それらは同じ方法で息をするぐらいに簡単だったが、彼が持って帰った物を母親は決して受け取らなかった。「ごめんね……」と榊原を抱きしめながら母親は涙を流す。どうして喜んでもらえないのか。榊原には理解ができない。それでも昔よりはずっと平穏《へいおん》な日常を過ごし母親の希《き》望《ぼう》に従って進学《しんがく》した。高校生になるのに何ら感慨はなかったが、試《ため》したい事ができる年齢《ねんれい》になったのは素直に嬉しかったように思える。榊原は入学式があったその日にアルバイトの面接《めんせつ》に行った。コールセンターを選《えら》んだのは、高校生ができるバイトの中ではわりかし時給《じきゅう》がいいからである。

初めての給料《きゅうりょう》を貰《もら》ったその日にATMで全額引き出した。これなら受け取ってもらえるだろうか。喜んでもらえるだろうか。不安と期待《きたい》を胸に自宅に帰ると母親が倒れていた。息をしていなかった。外傷はなかった。けれど、電話の受話器が外れていた。それでわかった。それだけで、彼には誰が何をしたのかわかったのだ。

電話口に向かう時、いつも歯がガチガチと鳴る。吐き気が止まらない。頭の中で呪《のろ》いのように響く父親の声が、脳《のう》の理性的な部分をぐちゃぐちゃに荒《あ》らしていく。それでも、電話がつながった瞬間に震えも吐き気も止まる。初めてクレーム対応に臨《のぞ》んだ際、榊原の体中を駆《か》け巡《めぐ》ったのは歓喜だった。彼は欲しいものを手に入れたと知ったのだ。戦う権利と資格を。

料金減算・返金、訪問謝罪、文書作成。そんなものは何があろうと決して応じたりはしない。一つたりとも譲《ゆず》りはしない。貴様達に渡すものは何もない。海の底よりもなお深い憎しみと共《とも》に彼は電話に出る。電話口の向こう側に地獄を見せるために。

今日は忙しい一日になる、と誰もが経験上わかっていた。

エマージェンシーカスタマーセンターの各フロアにある大型《おおがた》ディスプレイには、常に日本全域の災害《さいがい》情報が表示されている。特定の災害によって入電数が急激《きゅうげき》に増加《ぞうか》する製品やサービスを取《と》り扱《あつか》っているコールセンターがあるからだ。

例えば雷の影響で電化製品は故障《こしょう》する。故障すれば顧客はコールセンターに電話をかけてくる。大規模な落雷があれば電化製品を取り扱うコールセンターでは平常《へいじょう》時の数倍もの入電があるのだ。当然、応答率は下落《げらく》し顧客は電話口で何十分あるいは何時間も「ただいま電話が混《こ》み合《あ》っています」といったガイダンスを聞かされる羽目《はめ》になる。「いつまで待たせるつもりだ！」という第一声は雷発生《はっせい》時における挨拶代わりである。

とりわけ夏は全国的に雷が多い。榊原が一瞬覗いた大型ディスプレイの日本地図は雷発生を示すマーカーで埋《う》め尽《つ》くされていた。日本中が真っ赤である。

入電数が増えればそれだけクレーム案件も増加するわけで、本日エマージェンシーカスタマーセンターに取り次がれた案件の半数以上は雷が原因だ。平常時は九五パーセントを下回る事のない応答率もこの時期ばかりは六〇パーセント以下に急降下《きゅうこうか》する。

とはいえ、雷は自然災害である。商品に故障が発生したとしても本来《ほんらい》ならば企業側が何ら責《せき》を負《お》う必要はないのだ。約款《やっかん》にもその旨《むね》がしっかりと記載《きさい》されている。それがなぜクレームに発展するのか。顧客の言い分としては次の通りだ。

「だからさ、別に俺が壊《こわ》したわけじゃないんだよ。雷で壊れたんだよ。なんで交換《こうかん》できないんだよ。まだ買ってから三日しか経ってないよ。三日で壊れたんだよ、三日だよ。信じられる？」

対応するオペレーターは川守田一文だ。

「はい。三日でという気持ちはわかりますが、雷の場合は新品《しんぴん》であっても壊れてしまいまして」

「壊れたのはいいんだよ。なんで直せないんだって聞いてるんだよ」

「直すことはできます。修理《しゅうり》センターに送っていただけますか？」

「直せるんだな。無料で直せよ」

「いえ、料金《りょうきん》は」

「ふざけんな！」

「ですが、修理に修理費がかかるのは仕方のないことでして」

「保証期間中はかかんねえって書いてるだろうが！」

「災害の場合は、保証期間の対象《たいしょう》にはならないんです」

「聞いてねえよ、そんなもんは！」

「保証書に書いてありまして」

「見てねえよ！　わざわざ見ると思うか、そんなもん！　馬鹿かてめえは！」

「申し訳ございません」

「申し訳ない、じゃねーよ！　いいから直せよ！」

「有料《ゆうりよう》になりますが」

「ふざけんな！　馬鹿にするのもいい加減《かげん》にしろ！　無料で直すって言うまで電話切らないからな！」

「はい……」

「大体よ。雷で壊れるって欠陥《けつかん》商品じゃねえか！　普通、壊れねえよな？」

「それが、壊れるんです」

「嘘つくんじゃねえよ！　俺が前使ってた奴は雷あっても壊れなかったんだよ！」

「そうですか」

「お前のところのは、雷に弱いってことだな！　そんなもん客に売ってるんじゃねえよっ！」

「壊れる場合と壊れない場合がありますので」

「適当《てきとう》なこと言ってんじゃねえ！　壊れるか壊れないかはっきりしろよ！」

「申し訳ございません。何分《なにぶん》、災害なもので」

「雷なんて災害に入らねえよ！　夏なんかしょっちゅうピカピカしてるだろうが！　そのたびに金払わせるのかよ！　客なめんなっ！」

顧客の主張《しゅちょう》を整理《せいり》すれば、保証書は読まないのが常識だ。雷で壊れる電化製品は欠陥品だ。違うメーカーの商品は絶対に雷では壊れない。そもそも雷は災害ではない。以上の事から無料で修理するのは当然である、といったところだろう。あまりに幼稚《ようち》だ。

このように自分ルールを一般常識として語り、否定《ひてい》すれば声を荒らげるといった基本コンボを繰り返すクレーマーはわりと多いが、榊原からしてみればまったくなっていない。クレームの基礎《きそ》からやり直した方がいいだろう。クレームを受ける側がもっとも恐《おそ》ろしいのは顧客の正当性なのだ。どんな無茶な要求もただ一点の正当性が加わるだけで正論に早変《はやが》わりする。上手いクレームとは黒に白を交《まじ》えて灰色に見せる事をいうのだ。

「お前みたいなヒラじゃ話にならねえ。上の者に代われよっ！」

「代わっても同じ回答になってしまいますが……」

「いいから代われよ。上司が同じこと言うなら俺も納得するからよ！」

この台詞が出るのなら半分は顧客も諦《あきら》めているだろう。ともすれば嫌がらせの域《いき》に近く、要求が通らなかった腹《はら》いせにオペレーターを困らせて溜飲を下げようとする愉《ゆ》快犯《かいはん》的クレーマーに成《な》り下《さ》がる顧客もいる。上席であるGL《グループリーダー》やSV達もいちいち相手にしていられるほど暇ではないが、対応を代わらなければそれなりに通話が長引くのも事実だ。顧客の要求を退けつつどれだけ速《すみ》やかに終話《しゅうわ》に持って行けるかでオペレーターの真価《しんか》が問われるのだが、川守田には今更問うまでもないだろう。

「かしこまりました。少々《しょうしょう》お待ちいただけますか？」

了承《りょうしょう》の返事の後、保留にする。通常なら問題外の答えだ。代わってくれと言われて素直《すなお》に代わるようならオペレーターなど辞《や》めてしまえばいい。ここで、榊原に上席対応を依頼《いらい》してくる程度《ていど》のクレーム処理《しょり》能力なら川守田は第八フロアで働いてはいないだろう。

「お待たせしました。上司の山田です」

先程の川守田とは打って変わって低い声、誰がどう聞いても中年親父《おやじ》である。これぞ、七色ボイス。更に七変化《しちへんげ》とまで呼ばれる高い演技力から川守田は、山田、田中、斉藤《さいとう》、佐藤、鈴木、高橋と六人もの別人を演じきる。七色ボイスと七変化を組み合わせた川守田の奥の手、それが《一人上席対応《ひとりじょうせきたいおう》》。

「川守田から話は聞いてますが、お客様、すいませんが修理は有料で」

「……なんでだよ？　買ってからまだ三日だって言ってんだろ！」

「いやっ、気持ちはわかります。もう、ほんとすんません。皆《みな》さん同じで、わたしもなんとかしたいんですが、申し訳ないっ」

粗野《そや》な言葉使いの人情家《にんじょうか》。川守田曰《いわ》くそれが山田のコンセプトだそうだ。クレームの中には上司に代わっただけであっさりと収束し逆に代わらなければいつまでも終わらない案件もあるが、見分けるのは非常《ひじょう》に困難《こんなん》だ。うっかり対応を代わって通話が長引けば他の重大なクレームに出られない場合もある。その点、一人で上席対応が可能な川守田には心配の必要がない。

しかし、ＱＡチームからは問題点の一つだと厳重注意《げんじゅうちゅうい》されている。顧客に嘘をついているという理由だ。とはいえ、コールセンターではとかく顧客に嘘をつく事が多い。信用のためという大義名分《たいぎめいぶん》はあるが、派遣社員やアルバイトを正社員と名乗らせたり、商品の欠陥を仕様《しよう》と言い張ったり、前例《ぜんれい》があるのにそういった対応は一切《いっさい》していないと回答したりだ。それらは会社の方針として行われているため問題に上げられる事はないが、川守田の場合、他に同じ対応をしている人間が一人もいないという事でやりすぎと見なされている。アルバイトが正社員を名乗るのとどれほどの違いがあるのか教えてほしい、と榊原は思う。そもそも同じ対応をしている人間がいないのは当然だろう。できないのだから。

「はい。川守田にはきつく言っておきますので。ええ、ええ、どうもすんません。また、よろしくお願いします。はい。それでは」

川守田の通話が切れたところで、オペレーターの一人が手を上げた。泉海平である。

榊原は急行《きゅうこう》した。海平は第八フロアのエースである。並のクレームなら彼が一人で処理できないはずがない。バックアップさえすればIPBCと互角《ごかく》に渡り合える力を持っているだろう。つまり、そのIPBCからの入電である可能性が高かった。

「どうした？」

「DEMと未契約《みけいやく》の企業から顧客対応依頼ですが、どうしますか？」

結論《けつろん》から言えば営業窓口にかけ直しだが、不可解《ふかかい》な点がある。海平が質問してきたのも無理はなかった。

DEM社ではクレーム対応部門のアウトソーシングを行っている。グループ会社以外にも、契約した他企業からのクレーム対応を請け負《お》っているのだ。一般的に、アウトソーシング契約を希望の企業が営業部門の連絡先がわからずに顧客専用窓口にかけてしまうというケースは希《まれ》にあるが、エマージェンシーカスタマーセンターにその手の電話が迷《まよ》い込《こ》む事はまず考えられない。センターの業務は主にクレームの二次対応で、受付手段は他センターからの転送が八割、残りの二割も一度エマージェンシーカスタマーセンターで対応した顧客からの再入電だ。専用フリーダイヤルも公開《こうかい》せず対応が決定した顧客にのみ通知している。他センターの担当者が誤ってエマージェンシーカスタマーセンターに取り次ぎをしてきたとしても、転送の際に海平が気づいたはずだ。

「直接入電か？」

「転送です」

だとすれば転送前と後で申告《しんこく》内容に齟齬《そご》があるという事である。

「引き継ぎ内容はなんだ？」

「トライ電機《でんき》の担当よりMTオフィスの営業担当者に対するクレームです。トライ電機は元々MTオフィスと取引があり、日頃からコピー用紙には再生紙《さいせいし》を注文《ちゅうもん》していたのに今回は普通紙が届いた、と怒っているそうです」

MTと会社名につくのは殆どが宮ノ内グループの会社で、正確には宮ノ内電気通信――Miyanouchi Telecommunications――の子会社だ。

MTオフィスの苦情対応部門はDEM社のためクレームになればエマージェンシー

カスタマーセンターにて顧客対応を行う。しかし、MTオフィスに再生紙の件でクレームをつけ転送されてきたトライ電機の担当は、自社の顧客のクレーム対応をしろとまったく別の事を言い出したというのだ。

トライ電機とはアウトソーシング契約がないため、そのような要求《ようきゅう》を呑《の》むわけにはいかないが、そもそもなぜそんな事を言い出したのか？

「どんなクレームの対応をしろと言っている？」

「聞いていません」

質問《エスカレーション》の前には顧客の状況を全て把握しておくのが鉄則《てっそく》だ。でなければ、結局また顧客と話し確認の上再度質問する羽目になる。海平には珍しいミスだった。

「厄介《やっかい》な客で、どのみちうちですぐに対応できるわけではないと思ったので」と海平が弁解する。

「お前が言い訳をするのか？」

「確認します。営業部門に外線転送はできますか？」

海平は落ち度を詫びる代わりに業務フローを確認する。顧客が待っているので、それは正しい。このまま海平に任せても問題ないだろうが、少々気になる点があった。

厄介な顧客がぐうの音も出なくなるまで追い込むのが泉海平というオペレーターなの

だ。トライ電機の要求にせよ珍しい事が続くのには大概《たいがい》理由があるはずだ。

「センターの特性《とくせい》から営業部門への取り次ぎを想定《そうてい》していない。今回は俺に転送しろ」

「わかりました」

海平は保留を解除《かいじょ》すると、上司に電話を取り次ぐ旨を案内し榊原に転送した。同時に榊原の端末に顧客情報が表示される。トライ電機株式会社。MTオフィスと取引がある他、デジタル家電《かでん》メーカーであるMTデジタルとも取引がある家電量販店《りょうはんてん》のようだ。

「担当者は呉道《くれみち》様です」

榊原の反応が若干遅れる。

「女か？」

彼にしては珍しく非効率な質問である。顧客の性別がわかったとしても、特別有効な対策が立てられる訳ではない。まるで、身構えるために聞いた、そんな問いだ。

「そうですが」

海平の語尾《ごび》はそれがどうかしたのかと言いたげだったが、榊原はいつも通り簡潔な指示をした。

「つなげ」

「お願いします」

内線が切断され、顧客との通話に切《き》り替《か》わる。

「大変お待たせいたしました。スーパーバイザーの榊原と申します」

返事はない。榊原が同じ台詞を繰り返そうとした瞬間、弱々《よわよわ》しい声が聞こえてきた。

「……ぐすっ……えっぐ、ぐす……ぐす……」

なるほど。海平が厄介な顧客というのも頷《うなず》ける。

「呉道様、恐《おそ》れ入《い》りますが体調《たいちょう》が優れないようなので後日《ごじつ》改めさせていただきます」

いただけますか、とは聞かない。

「そ、そんな……えっ……ぐ、ひどい……今じゃないと……困るから」

「恐縮《きょうしゅく》ではございますが、落ちついてからの方が建設《けんせつ》的なお話ができるかと存《ぞん》じます」

「でも……えっえっ、でも……」

「どうしてもということであればお伺《うかが》いしますが、本当によろしいのですか？」

「ぐす……どういう意味ですか？」

「いたずらに長い時間お話しするのは呉道様のためにならないのではないでしょうか？」

嗚咽《おえつ》が、止まった。

「もしかして、気づいてるの？」

肯定はしなかった。結果的に事実でも顧客を疑《うたが》っていたという言質《げんち》を与えるのは好《この》ましくない。

「落ちついたようでございますね」

「なんか、恥ずかしいわね。さっきの人なんて気づきもしなかったのに。大抵《たいてい》SVなんて名前だけだしいけると思ったのにな。やるわね、あんた」

大抵SVなんて、などという台詞はこの業界《ぎょうかい》に長くいるか、上司へのクレームを言い慣れていないと出てこない。榊原の予想《よそう》では呉道は後者だ。

「仰る意味がわからないのですが」

「わかってるくせにわからないフリなんて性格悪いわ」

「滅相《めっそう》もないことでございます」

まあ、いいわ、と呉道は呟く。

「SVさんが出てきたってことは、うちのクレームを引き受けてくれるってことでいいの？」

「まずは状況をお伺いできますか？」

「やだ」

屈託《くったく》のない声で拒否された。こういうタイプの顧客は初めてだった。

「そうなりますと大変心苦《ぐる》しいのですが、お断《ことわ》りするしかなくなってしまいます」

「あんた何様？　死ねよ」

顧客の評価《ひょうか》を上方修正《じょうほうしゅうせい》する。態度が豹変《ひょうへん》する相手は一言《ひとこと》一言神経を使う。この
「死ねよ」も案外《あんがい》返答に苦慮《くりょ》する。真っ向から断れば火に油だし、当たり前だが死ぬわけにもいかない。

「呉道様はわたくしに死ねと仰るのですね」

この場合、まずは復唱して相手がいかに不当《ふとう》な事を言っているかを認識《にんしき》させる。

「黙れ。死ね」

「それは自殺をしろということでしょうか？」

そうだ、と勢いで答えられても相手の正当性を削《けず》る事ができる。折角の失言なのだ、長く引っ張るだけこちらが優位《ゆうい》に立てる。「死ねよ」「できません」といった不毛《ふもう》な言い合いは時間と労力の無駄である。

「ぐだぐだ言ってないでさっさと死になさい。もう死んで責任とるしかないでしょ、無能なんだから」

「わたくしが死ねば、この件は解決《かいけつ》するのでしょうか？」

「馬鹿じゃないの。あたしの気がすむだけよ。どうせ解決できないなら誠意を見せなさいよ」

「つまり、呉道様は自分の気がすまないという理由でわたくしに死ねと仰るわけですね」

「そうよ。わかったら、さっさと死になさい」

「それはトライ電機様のご希望ということでよろしいのでしょうか？」

「細かい男ね。そんなのどっちでもいいじゃない」

「しかし、一企業として人の死をご希望されるというのは滅多《めった》にないことでございまして」

「うるさい！」

「よろしければ他の担当者様のご意見を聞かせていただきたいのですが……」

「うるさ――――いっっ！」

電話口で絶叫《ぜっきょう》される。

「失礼いたしました。それでは具体的《ぐたい》にはどのような方法で死ねばいいのでしょうか？」

更に追及の手を休《やす》めない。質問を詰めれば詰めるほどこちらが有利《ゆうり》になる。元々感情に任せて発した言葉なのだ。細かい事を考えているわけではない。

「そこまで言うなら絶対死ぬね。後でやっぱり無理とか言うな」

「それはどのような方法か検討《けんとう》させていただきませんと、何分《なにぶん》一生に一度のことでございますから」

「じゃあ好きな方法選ばせてあげるわ」

「わたくしが選んでよろしいのですか？」

「その代わり絶対死ねな。できないとか納得しないから。自分で死ぬって言ったんでしょ！」

「どのような方法でもよろしいのですね？」

「いいって言ってるでしょっ！　さっさと言いなよ。今更怖《お》じ気《け》づいた？　怖《こわ》いの？　怖いんだ！　謝っても許してやらないわよ！」

「かしこまりました」

榊原の言葉は勝利の確信に満ちたかのように揺《ゆ》るぎない。

「それでは老衰《ろうすい》を希望いたします」

会話が途切《とぎ》れる。約一秒間の沈黙《ちんもく》は、顧客の巻き返しが不可能だという証明だ。自分が敗北した事に気づかない愚《おろ》かなクレーマーはそれでも感情に任せて無意味に対応を長引かせるが、呉道は違った。

「……そっかそっか。そういう手もあるか。確かに老衰も死ぬ方法の一つね。負けた。無駄に叫《さけ》んだから喉《のど》痛い。あー。あー」

独り言のような呟《つぶや》きにはあえて反応せず、榊原はじっと相手の出方《でかた》を待つ。

「やっぱり、やるわねー、あんた。盲点《もうてん》だったし勉強になった」

叫んだのは演技だったのか、他意《たい》のない人懐《なつ》っこい口調が逆に不気味だ。

「恐れ入ります。よろしければ対応依頼をご希望されているお客様の状況を詳しくお聞かせいただけますか？」

相手の攻勢《こうせい》が落ちついたところで、すかさず本題《ほんだい》に戻した。

「えー、悔《くや》しいからやだ」

屈託のない笑い声。クレーム対応では聞き慣れない分、つかみどころがなくやりづらい。

「でも、本来ならそっちで対応するのが筋《すじ》だと思うわ。わざわざ電話してあげたのを感謝してほしいぐらい」

「どういうことでしょうか？」

「説明したら引き受けてくれる？」

「お話を伺った上で、判断させていただきます」

「上からものを言うな。殺すぞ」

「どうぞご自由になさってくださいませ」

ころころと態度の豹変する顧客を捌《さば》きながら、榊原は根気《こんき》よく状況を聴取《ちょうしゅ》した。

それによると、呉道ゆかりの勤めているトライ電機で販売していた商品に欠陥《けっかん》があったという。メーカーのＭＴデジタルが自主回収《じしゅかいしゅう》を公式発表したいわゆるリコール商品で、欠陥が判明した段階《だんかい》で販売停止《ていし》を販売店側に通知している。しかし、これがどういういきさつからかトライ電機には伝わっていなかった。

知らずリコール商品を販売したため呉道の所属するお客様相談室に苦情の電話が殺到《さっとう》した。その殆どは代替品《だいたいひん》と交換《こうかん》するという事で決着がついたが、一人だけどうしても納得しない顧客がいた。ＭＴデジタルに対応依頼をしたが、販売停止の通知以後に販売された商品については販売店側の責任と回答され一切取り合ってもらえず、通知が行き届かなかった件についても確認中との返事のみだった。

数度《すうど》の対応でトライ電機ではもはや手に負えないクレームに拡大《かくだい》していて、ＭＴデジタルの苦情対応部門であるエマージェンシーカスタマーセンターだけが頼みだった。

しかし、トライ電機とDEM社の間で直接的には委託《いたく》契約が成されていない。エマージェンシーカスタマーセンターに掛《か》け合《あ》うにしても電話番号は非公開だった。

　普通なら営業部門に問い合わせるところだが、呉道は取引先であるMTオフィスに連絡を入れた。そこで、トライ電機で使用しているコピー用紙についてクレームをつけたのだ。日頃からコピー用紙には再生紙を注文しているが、今回は普通紙が届いた。気づかずその紙で謝罪文書を送ったところお客様が激怒してしまった。トライ電機では環境保護《かんきょうほご》運動を実施《じっし》し、全ての部署において利用する紙は再生紙だけと謳《うた》っている。経営理念《けいえいりねん》に惚《ほ》れてトライ電機を贔屓《ひいき》にしていたのに顧客の信頼《しんらい》を裏切る極めて不誠実な行為だ！　というのが相手の言い分だ。また、この顧客は先のリコール商品で代替品との交換に納得していなかった人物でもある。

　MTオフィスの担当者が確認したところ、普通紙が届いたのはトライ電機側の注文ミスだったのだが、日頃頻繁《ひんぱん》に取引をしているMTオフィスでもトライ電機では再生紙しか利用しない事は周知《しゅうち》の事実だった。呉道はその点を激しく責め立て、エマージェンシーカスタマーセンターへの取り次ぎを要求、転送されてきた電話を受けたのが海平というわけだ。

「トライ電機のお客様相談室で手に負えないというのはどういう状況なのですか？」

苦情対応が業務のお客様相談室は時に数年にわたって対応を続ける場合もある。彼らが、音《ね》を上げるほどのクレームなどそうそうありはしない。

「言ったって、どうせ信じないでしょ！」

呉道は声を荒立てたが、ただ感情的になっているわけでもない。自分だって信じられない、そう言っているように聞こえた。

「信用しておりますのでお話しいただけませんか？」

「あんたの立場じゃそう言うに決まってるわね。信用なんかしてなくても」

「どのような突拍子《とっぴょうし》もないお話でも呉道様を疑うようなことはいたしません。約束します」

明らかな皮肉《ひにく》にも怯《ひる》まず榊原は斬《き》り込《こ》む。頭の中では大体の予想がついていた。

数回の押《お》し問答《もんどう》の末、根負《こんま》けして呉道が呟いた。

「……いないのよ、もう一人も」

「どういうことでしょうか？」

「訪問謝罪に行った室長は次の日から出社《しゅっしゃ》しなくなったわ。他の人も、あの客の対応をしている内に一人も来なくなった。それも心身症とか、対人恐怖症って診断されたわ。ほら、こんなの信用しないでしょっ」

「いいえ、信用いたします」

榊原の声は音程《おんてい》も抑揚《よくよう》もそれまでとまったく変わらないが、何かが違っていた。

「電話で人を殺せるわけがないと思うのは大間違いでございます。その方法をわたくしはよく存じております」

過剰《かじょう》とも言える表現だったが、榊原は本気だった。本気だと伝わるほどの意志《いし》が言葉に込められていた。そして呉道には通じるものがあったようだ。

「あたしにだってプライドはあるわ。自分の会社が売った商品だもの、最後まで責任を持って対応するのが筋だってわかってる。でも、駄目なのよ。あいつと話すと、あの声を聞くと、もうどうしようもなくなる。息苦しいし、気持ち悪いのよ！」

十中八九IPBCだ。こんな無茶な取り次ぎを交渉《こうしょう》してきた時点で、ただのクレームではない可能性が高いと睨《にら》んでいたが当たりだった。このまま呉道が対応を継続《けいぞく》すれば間違いなく同僚《どうりょう》と同じ道を辿《たど》る事になるだろう。彼女の豹変する態度は、それだけ切実《せつじつ》だという表《あらわ》れかもしれない。

かといって、トライ電機から案件を引き継ぐのはやはり難しい。委託契約のない企業から顧客対応を引き受けるのは越権《えっけん》である。重大な背任行為《はいにんこうい》と見なされ、懲戒免職《ちょうかいめんしょく》にもなりかねない。

所詮《しょせん》、ＳＶは現場レベルの責任者であり会社の歯車《はぐるま》の一つだ。会社が利潤《りじゅん》を追求するのが当たり前である以上、契約もしていない他社のクレーム案件を引き受けるなどあってはならない。

電話口の顧客が困っていて、自分にそれを解決する能力があったとしても、あくまで会社の代表として電話に出ているという自覚《じかく》を持つべきなのだ。たとえ人命《じんめい》を前にしたとしても、できない事はできないと案内する。マニュアル通りの冷たい対応と言われればそれまでだが、マニュアル通りの対応こそが会社としての方針なのだ。顧客の要求を全て呑んでいては、経営そのものが立ち行かなくなり、サービスや商品の提《てい》供《きょう》を受けられなくなる顧客は逆に困る事になるだろう。今回の件は、ＭＴデジタルとトライ電機の問題、あるいはトライ電機と顧客の問題であり、ＤＥＭ社であるエマージェンシーカスタマーセンターにはまったく関係がない。単純に言えば、無償《むしょう》でサービスを提供しろというのがトライ電機の要求なのである。できるわけがない。

妥協《だきょう》ラインとしては、直《ただ》ちに営業窓口に取り次ぎ速《すみ》やかに委託契約を成立《せいりつ》させる。その際に、当該《とうがい》顧客の対応依頼を受けておけば契約と同時に対応に入る事が可能だ。手続きは各関連部門や社長の承認《しょうにん》、個人情報をＤＥＭ社と共有する旨を顧客に通知するなど、最短で一週間ほどかかるだろう。それもトライ電機での方針が決まっていればの話だ。社内で意見が割れれば一ヵ月以上、場合によっては契約は見送るといった結果になるかもしれない。

　それまでIPBCの対応を続ける呉道はどうなるのか。想像した瞬間、榊原の胸が疼《うず》いた。吐き気がこみ上げてくる。あの日、倒れていた母親の姿が瞼《まぶた》の裏に浮《う》かぶ。外れていた受話器の向こう側にいた人間の声が耳に木霊した。

「クレームが辛いからといって、見知らぬ相手に丸投《まるな》げというのはどうかと存じます」

　QAチームが聞いていたなら目を剝《む》いただろう。明らかに顧客に喧嘩を売った発言である。

　当然、呉道は急沸騰《ふっとう》した。

「なによ、その言《い》い草《ぐさ》はっ！　客にそんな無礼なこと言っていいと思ってるのっ！」

「恐れ入りますが、顧客というのはご契約をいただいた方を指《さ》します。声を荒らげる前に、まずはご料金をお支払いくださいませ」

「っふざけんなっ、なあ！　ふざけてんじゃねーぞっ！　あんたさぁ、じゃあなに！　MTオフィスが間違えて普通紙を送ってきたのはどうなの！　それもこっちは客じゃないとか言うわけ！　そもそも客になるかもしれない相手に対してその態度はなんなの！　どういう会社なのよ！」

ＭＴオフィスの件はトライ電機の注文ミスである。トライ電機側の事情が周知の事実だった点を考慮しても、「今後は注文を再確認するようにいたします、申し訳ございませんでした」と謝罪するぐらいで他に何ができるわけでもない。しかし、榊原は更に相手を挑発《ちょうはつ》する。

「失礼いたしました。しかし、呉道様のご申告は今回別件《べっけん》でございます。そのため、トライ電機様はお客様ではないと申し上げたのです」

「だから、なんなの、その言い草はっ！　なんなのよ――っ！　ねえ、馬鹿にするのもいい加減にしなさいっ！　大体、普通紙なんか送ってこなかったら、こんなことにはなってないでしょうがっ！」

「それは再生紙であればクレームが落ちついていたという意味でしょうか？」

「当たり前でしょっ！　あんたみたいな奴が苦情窓口の責任者をやってる会社だから、注文を確認もしないんじゃない！　全部あんたのせいよ！　こんなことになったのは！　それもわからないの！　だから無能なのよ！　死ねよ！」

理屈もへったくれもない論法《ろんぽう》だが榊原はあえて矛盾を指摘したりはしない。

「大変申し訳ございませんでした」

「謝ったぐらいですむわけないでしょ！　責任をとりなさいっ！」

「かしこまりました」

「言ったな、今、責任とるって言ったよね。どう責任とってくれるの！　どうしてくれるのよ！　ねえ！　ねえ、ほら、答えなさいよ！　どうするのよ―――っっっ！」

ひたすら叫び続ける呉道が、多少落ちついたところで回答する。

「クレーム対応を引き受けさせていただきます」

「そんなんで納得するわけないでしょ――っ！　誠意を見せろ――っ！」

語気《ごき》を多少強めて、再度《さいど》榊原は言った。

「クレーム対応を引き受けると申しました。ご納得いただけませんか？」

「だからっ！　……なんて言った？」

あまりに予想外の答えだったのか、呉道の声は随分《ずいぶん》と間《ま》が抜《ぬ》けていた。

「わたくしどものミスで普通紙を送ってしまった件について、わたくしどもよりお客様に謝罪をいたします。誘発《ゆうはつ》した苦情に関しましてもこちらで引き受けます。幸いにもMTデジタルのお客様ですので、本件において個人情報の取り扱いには違法性《いほう》がございません」

「い、いいわよ。いいわ。それで勘弁《かんべん》してあげる」

「それではMTオフィスの苦情対応窓口に引き継ぐとお客様にお伝えいただけますか？　了承をいただくまではトライ電機様からお客様のお名前も連絡先も伺うわけにはいきません」

MTオフィスと当該顧客とは直接的には無関係のため顧客が了承しなければ、個人情報保護法に抵触《ていしょく》する。

リコール商品の件については原則《げんそく》MTデジタルからの取り次ぎでないと対応できないので今回MTオフィスの担当として対応する以上こちらから口には出せないが、顧客から申告《しんこく》があった場合にはMTデジタルの苦情対応部門であるエマージェンシーカスタマーセンターが対応するのに問題はない。実際、榊原はこれほど異例《いれい》な対応をした事はないが、ぎりぎりグレーゾーンのはずという判断《はんだん》だった。

「お客様がご都合《つごう》のいい日時を確認できましたら、再度ご連絡いただけますか？」

「わかった」

「何かご不明《ふめい》な点はございますか？」

「……あんたさ、いいの？」

自分の要求が通った途端《とたん》、相手を気づかう。クレーマーの心理は榊原にはわからない。彼にわかるのはIPBCだけだ。

「何がでしょうか？」

やっぱりいいわ、と呉道は口をつぐむ。同じ客商売をしているのだ、それを聞いても榊原が答えるわけがないとわかったのだろう。コールセンターの通話は録音されている。他人に聞かれる事を考えれば迂闊《うかつ》な発言はできない。代わりに彼女は言葉を正した。

「ありがとうございます」

「とんでもないことでございます」

本当にとんでもない話である。ただ許せなかっただけなのだ。顧客のためだとはとても言えない。これは私怨《しえん》だ。そのために会社を裏切《うらぎ》っている。遥《はる》か電話の向こう側にある悪意《あくい》を、榊原はどうしても許せない。許せるわけがなかった。


通話を終えた榊原は爽華を捜《さが》した。

前例のない対応をする以上は事後《じご》承諾《しょうだく》にしろ上席に許可をとる必要があるからだ。場合によっては許可が下りない可能性も考えられるが、そこは交渉《こうしょう》次第である。そのための準備はすでに済んでいる。

「織田ＣＳＶ、時間をくれ。急いでいる」

先約《せんやく》だっただろう聡明があからさまに不満の顔を見せた。

「なんだぁ、珍しいじゃないか、榊原。悪いがちょっと待ってくれないか？　柏木の案件も急ぎでな」

「どのぐらい急ぎだ？」

つっけんどんな物言いは聡明だ。

「一秒でも早い方がいい」

呉道から今すぐ対応してほしいと連絡が入る可能性もある。

「こっちは最悪三〇分待てる。さっさと済ませろ」

聡明とは互《たが》いに馬《うま》が合わない。ＳＶ会議《かいぎ》でも意見の衝突《しょうとつ》は多く、事あるごとに第八フロアの運営方針について口出ししてくる。だが業務において聡明が公平《こうへい》さを忘れる事はなかった。

「その顔は厄介《やっかい》ごとだな」

榊原の無表情を指して言った後、「つっこめよ、柏木。つまらん奴だなぁ」と爽華は笑う。それを完全に無視して榊原は顧客の要望を説明した。

「馬鹿を言うのも大概《たいがい》にしろ」聞くなりそう口にしたのは聡明である。「契約もない企業からクレーム対応依頼が受けられるか」と続いた。

「柏木には聞いてないが？」

「誰に聞こうと同じだ。無料でサービスを提供していたら会社が潰《つぶ》れる。うちが慈善《じぜん》事業《じぎょう》をしているとでも思ったか」

辛辣《しんらつ》だが、見解は榊原と同じだ。SVクラスの人間なら全員同じ事を言うだろう。そうでなくては呉道を怒らせた意味がない。

「さっき説明したが契約はある。今回はMTオフィスとの委託契約に基《もと》づき対応すると言ったはずだ」

「見当違《けんとうちが》いだ。確認もせず普通紙を送ったのは確かにMTオフィスの責任だが、確認もせず普通紙を使ったのはトライ電機の責任だ。環境保護運動をしているなら使用前に調べるのは当然だろう。その辺《あた》りを丁重《ていちょう》に説明してわかってもらえ」

トライ電機の対応をする必要はあるがトライ電機の顧客の対応までするのは筋《すじ》違いというわけだ。会社のルールで正しい事ができないなら俺に持ってこい、とまで言わせる信念《しんねん》は逆に正しくない全てを断固《だんこ》としては除《の》ける。

しかし、正しさなどいともたやすく揺らぐ。少なくとも榊原にとって、社会は歪んで見えるのだ。

「確かにそれが正しい。俺も通常ならばそのように対応している」

「なら今回も同じだ」

「だが、失言をしてしまった。あまりに理不尽《りふじん》なことを言うヤツで、つい頭にきて喧嘩を売るような真似を……」

言い淀《よど》んで見せた台詞に、聡明が食いついた。

「何を言った？」

「顧客というのはご契約をいただいた方を指します。声を荒らげる前に、まずはご料金をお支払いくださいませ、と。そんなつもりじゃなかった。が、頭に血が上った」

聡明は険《けわ》しい表情で眉根を寄せる。

「客はかなり怒っていた。とてもじゃないが冷静に話ができるとは思えない」

「当たり前だ！　顧客と同じレベルで喧嘩してどうする！　そんなものは論外《ろんがい》だ！」

「まったく返す言葉もない」

榊原はゆっくりと頭を下げた。

「まあ、そういう状況だ。MTオフィスとして謝罪をさせていただく旨を提案《ていあん》した。客の感情に配慮《はいりよ》したつもりだったが、やはり断るべきか。いやそれが正しいのはわかっているが、どうしたものか。なんとかならないか？」

ふてぶてしいクレーマーのごとく榊原は自身の要求を突きつける。客の感情も考慮される、と言ったのは聡明だ。加えて一度ミスを犯している状況で、更に発言を撤回《てっかい》するような真似は会社としても望ましくない。MTオフィスとして謝罪をするという内容であればぎりぎり許可の出せる範囲《はんい》でもある。

「二度はないぞ」と聡明は折れた。引き下がったからには、後々《のちのち》この件がセンターで問題に上がったとしても榊原を弁護《べんご》するだろう。自分の発言には責任を持つ。聡明はそういう男だ。

「他にもあるんじゃないか、榊原。それぐらいだったらいつも自分の判断で勝手にやっているだろう」

爽華の言葉に目を剝いたのは聡明である。後で追及してやるから覚悟しろと言わんばかりの視線をやりすごして榊原は答えた。

「万が一、客がMTデジタルのクレームを口にした場合、対応する許可をもらいたい」

「それじゃ無料でクレーム対応を引き受けるのと変わらんじゃないか」

爽華は試すような笑みを浮かべた。

「俺から話に出したりはしない。だが、客から申告してきた場合に知らぬ存ぜぬではクレームを悪化《あっか》させる恐れがある。それでは逆にトライ電機に迷惑《めいわく》をかける形になり、今度は手がつけられないほど立腹する可能性もある。うちはMTデジタルの苦情対応部門だ。客からの申告があればそのまま対応するのにそれほど問題はないはずだろう」

「物は言《い》い様《よう》だな」とは聡明の台詞だ。

「お前が失敗したら私が責任をとる羽目になるんだぞ。わかっているんだろうな。どうなんだ？」

すでにMTデジタルで販売店に差し戻した案件を、わざわざ対応して収束できなかったら苦情対応部門の立場はない。爽華の言う責任とは、クレームを終わらせられるかどうかという一点に絞《しぼ》られる。

「最後まで俺が責任を持って対応する」

満足そうに爽華は微笑む。

「いいだろう、許可する。MTデジタルには私から連絡を入れておこう」

「任せた」

榊原は一礼すらせずに踵を返す。その途中で爽華が悪戯《いたずら》っぽく声をかけた。

「IPBCか、榊原」

「さあな」

そう返して第一フロアを後にした。

第八フロアに戻るなり対応中の川守田が話しかけてきた。

「あ、常光、どこ行ってたんだよ。あれ、早くなんとかしてやってくれよ」

川守田が指したあれとは、ほたるである。またもや泣いていた。すぐさまほたるの席に移動する。

「如月」

とそこで気がついた。端末の通話ステータスが保留中と表示されているのである。

「状況を言え」

返事は泣き声のみ。何かを言おうとしているが嗚咽交じりで言葉にならない。榊原は『BRAIN』に表示されていた顧客情報と対応履歴を参照した。

契約者小堀真《こぼりまこと》。エマージェンシーカスタマーセンターでの対応履歴なし。今回はフリーダイヤルに直接入電。直近《ちょっきん》の問い合わせはMTデジタルへの入電で、契約者本人ではなくトライ電機の担当者からである。内容は発火《はっか》の危険《きけん》性があるため回収《かいしゅう》商品となったプラズマテレビを販売停止以後に購入してしまった顧客のクレーム対応依頼。トライ電機のミスのためトライ電機で対処するよう案内して終話。

そこまで確認しただけでも酷似《こくじ》している。そして、このタイミングだ。恐《おそ》らくは、呉道が言っていた顧客だろう。どれだけ彼女が折り返しを案内しても直接連絡すると言われれば、あくまで連絡先を教えないというのは無理がある。企業側の要求はとりあえず拒否し揺さぶりをかける手口か。それとも、こちらの準備が完全に整っていないのを見越《みこ》していたか。

「あの、ごめん、なさい、榊原さん。もう大丈夫です……」

涙の残った声でほたるがそう主張する。

「客の要望は？」

「すいません。わからなくて、言ってる事が難しかったから確認しようとしたら、いきなり怒鳴られて、それで頭が悪いとか、馬鹿とか、沢山言われたから謝ったんです。そしたら」

ほたるはきゅっと唇《くちびる》を引き締める。目尻《めじり》にはまた涙が浮かんだ。

「そしたら、あたしが馬鹿なのは馬鹿な上司に教育されているからだろうって言われて、そんなことありませんってあたし言っちゃって、でも、何回も何回も言われて……でも、絶対そんなことないのに。あたしが頭悪いからなのに……さんのせいにしちゃって、それで」

後ろの方の言葉はよく聞き取れなかったが、大筋《おおすじ》は理解できた。

「指示を出す。まずは客の出方を確認するぞ」

「はい」

榊原はワイヤレスヘッドセットを装着《そうちゃく》しモニタリングを開始する。続いて、『BRAIN』の特別対応顧客管理データベース内IPBC個別記録データ——八号ファイルを起ち上げる。パスワードを入力し小堀真の情報を検索。数秒後、検索結果が表示された。該当有り。八号ファイル——第四位。

「あ、あれ？　なんでだろう。おかしいな」

ほたるはカーソルを保留解除《かいじょ》のアイコンに合わせようとするが、なかなか上手くいかない。アイコンを通りすぎては戻ってきてまた通りすぎる。両手で押さえつけるようにしてぎこちなくマウスを動かすとようやくカーソルの位置《いち》がアイコンの真上《まうえ》にきた。だが、

「なんで？　動かない？」

ほたるは右手の指の上から左手で押しつけようと力を込めるが、最後の一押しというところで手は止まる。

「どうした？」

ほたるの異常を察《さっ》した榊原が声をかける。

「あ、あの、多分、緊張してるんです。ほら、いっぱい間違えたから、もう間違えられないし。ちゃんと落ちつけば大丈夫です」

「保留中だ。時間はかけられん」

「大丈夫です！　あたし、ちゃんとやりますっ！　これ以上、役立《やくた》たずになりたくないんです」

ほたるは立ち上がって全体重を指にかける。けれど、体が拒否するようにマウスをクリックする事ができない。

「動いてよ……動いて」

ポタポタとほたるの手の甲《こう》に雫《しずく》が落ちる。短時間の対応で体が拒否するほどのトラウマを負わせる相手、間違いなくＩＰＢＣだ。

「榊原さん」

ごめんなさい、と続くと思った。

「押してもらえますか？　なんか、指が上手く動かなくて」

涙を溜《た》めながらほたるは笑う。榊原が思うよりも彼女はずっと強い。その強さは自分を地獄から連れ出してくれた母親に少し似ているのかもしれない。

もう二度と、奪《うば》わせるものか。貴様らには何一つ。

「代われ」

ほたるの手の下に手を滑《すべ》り込ませマウスを操作する。続いて転送用の座席コードを入力した。

「大丈夫ですっ！　あたし、最後まで責任持ってやりますから」

「必要ない」

ぴしゃりと切り捨てられたほたるが俯く。泣かせたのがわかっても慰《なぐさ》める方法を知らない。ただ一刻《いっこく》も早くこの通話を転送する事が榊原の精一杯《せいいっぱい》の配慮だった。

「少し早いが、休憩に出ろ」

自席に戻りながら内線通話でほたるに指示を出す。

「……はい、よろしくお願いします……」

内線通話切断後、顧客との通話に切り替わった。

「小堀様、大変お待たせいたしました。お電話代わりまして、SVの榊原と申します」

返答はない。肩すかしを食らった感触の直後、ひび割れたノイズがした。

「キサラギィイ、キサラギはァ、キサらギハ、ドうォしたアァ？」

ボイスチェンジャーを使っている。それも粗悪《そあく》品なのだろう。ロボットボイスにノイズが混ざり耳にするだけで気分が悪くなるほど不快《ふかい》な声だ。しかしボイスチェンジャーを使用する事自体はさして珍しいわけでもない。ＩＰＢＣは自分の正体を相手に知られるのを嫌がる。同じ相手とわかれば対応方針を立てやすいためだ。コールセンターでは毎回個人情報を聴取し本人確認を行ってはいるが、同じ名義《めいぎ》を複数のＩＰＢＣが共有《きょうゆう》しているなどよくある話だ。むしろ本名で問い合わせをしてくるＩＰＢＣの方が希なのである。今時、個人情報など頻繁に売買《ばいばい》されているし、免許証《めんきょしょう》や住民票《じゅうみんひょう》など本人確認書類の偽造《ぎぞう》も巧妙《こうみょう》化している。本人確認ができたからといって電話口の相手が本人だとは限らないのだ。

「誠に申し訳ございません。如月が急に体調を崩《くず》してしまいましたので、わたくしが代わりにご用件をお伺いいたします。なんなりとお申しつけくださいませ」

「トライ電キのクレミチ。クレミチ、クレミチィ、クレミチからァ、デンワ、デンワ、デンワっ、デンワだ！　デンワをヨコセ、ヨコセ、ヨコせっ！」

言葉を返す間もなく通話は切れた。気味の悪い病《びょう》的な口調は意図《いと》的なのかそうでないのか判断が難しい。元よりＩＰＢＣにまともな人間などいない。誰もがどこかしら狂っているのだ。

榊原は即座《そくざ》に電話をかけ直した。

「ナンド、何ドォ、ナンドォォ、何度カケテ、かケてっ、かけてモ、同ジィ、同じダ！」

再び通話が切断される。再度かけ直したが今度は出なかった。着信番号から判断しているのだろう。

一言交わしただけで電話を切ったという事は以前榊原が対応した相手の可能性があった。顧客にとっては誰が出ても同じ企業の代表だ。だとすれば、より能力の低い企業の代表と話した方が都合が良い。わざわざ負けた相手に再戦を挑む必要はないのだ。

もしそうだとすれば大した障害《しょうがい》ではないだろう。一度退《しりぞ》けた相手に、しかも自分が出た瞬間に電話を切るような相手がいくら手を尽くしたところで結果は変わらない。

そいつは、潜在的《せんざい》に榊原には敵《かな》わないと理解しているのだから。

だが、そうでないのなら、たった一言で榊原を警戒《けいかい》したのならばかつてない強敵だ。

そして榊原の予想では後者である。

あの不快で病的な声は悪意と憎悪《ぞうお》の塊《かたまり》だ。地獄の果《は》てまで届くような底《そこ》知れない憎しみが、脳髄に響き、胸にまとわりつく。電話が切れた今もなお吐き気が増大《ぞうだい》する。

もしかしたらようやく待ち望んだ相手に——はやる心を抑え榊原はトライ電機に電話をかけた。一コールで相手は出た。呉道である。

「小堀真様からわたくしどもにお電話がございました」

榊原は形式《けいしき》通り名乗った後にそう切り出した。

「言おうと思ったけどなかなか電話がつながらなかったの。どうなってんのよっ」

どうもこうも雷の時期はまともな応答率を維持できるような入電数ではない。小堀もそれを見越して直接電話してきたのだろう。呉道の文句にはつき合わず話を先に進める。

「経緯を説明していただけますか？」

「MTオフィスから謝罪の電話を入れるって言ったけど、自分からかけるって全然人の話聞かないのよ。やってられないわ」

「仕方なくエマージェンシーカスタマーセンターの連絡先を教えたというわけですね」

「……そうよ。なに。文句《もんく》あるわけ？」

「ございません」

「仕方なかったのよ。だって、どうやって断れってのよ。ごまかそうにも、あいつしつこいのよ。なんで折り返しじゃないと駄目なんだとか、連絡先教えられないのは嘘だからじゃないかとか、ねちねちねちねち、ほんっと最悪っ！　どうしようもないじゃないっ！」

くどくどと呉道が不平不満《ふへいふまん》をぶちまけてくるので、全面的に同意《どうい》しつつやりすごした。

「で、結果どうなった？」

「呉道様からの連絡をご希望でございます」

「はぁ⁉　ちょっとなにそれ、どうしてそうなるのよ？」

「わかりかねます。それ以外は仰らず、電話を切られてしまいます」

ほたるが一度対応したのは伏《ふ》せておく。言えばそのせいだとまた文句が増えるだけだろう。

「じゃ、どうする気なの？　あたしにまた電話しろってっ⁉」

左様《さよう》でございます、と馬鹿正直に肯定《こうてい》すれば押し問答になるのは目に見えている。

「やはり、お嫌でしょうか？」

「嫌って、嫌とかそういう問題じゃないでしょ！　仕事なんだから！　そうじゃなくて、そっちに対応依頼したのに、またあたしが電話するのはおかしいって言ってるの！」

「仰《おっしゃ》る通りかと存じます。しかし、わたくしから電話をかけても切られてしまいます。いい方法があれば教えていただけないでしょうか？」

どう考えてもいい方法などあるわけないのだが、それを榊原から口にすれば反発《はんぱつ》されるー方で話が進まない。逆に質問する事で相手の口から他の方法がないと言わせればいいのだ。

「話も聞かずに電話を切るのは向こうが悪いんだから、何回かかけて後は向こうから連絡がくるのを待てばいいじゃない」

相手が普通のクレーマーならば構わないだろうが、

「それではトライ電機様に連絡が入るかと存じますので、その際はわたくしどもに取り次いでいただけるということでよろしいのでしょうか？」

結局は問題を先送りにするだけだ。そして連絡があるまでの間、常にＩＰＢＣの恐怖に怯えるのは呉道である。

「こっちに連絡がくるとは限らないでしょっ」

「はい。万が一、わたくしどもに連絡が入れば幸いでございます」

「あんたさ、なんなのその言い方はっ！　あたしを不安にさせて楽しんでるわけ！　そうなんでしょ！」

「申し訳ございません。ですが、小堀様は呉道様からのお電話をご希望でございました。トライ電機様にお電話が入るのが妥当《だとう》かと存じます。また、その際には呉道様から電話がなかったことについてご立腹されている可能性もございます。その場合、わたくしどもに取り次ぐよりも先に呉道様からの謝罪が必要でしょうし、クレームの争《そう》点《てん》がそちらに移るということも十分考えられます。場合によりましては――」

「いい加減にしてっ！　細っかい奴ね、あんたっ！　今すぐかけて取り次いだ方がマシって言うんでしょ！　わかったわよっ！」

「ご理解いただき感謝いたします」

「信じらんないわ、あんた。人を脅《おど》しておいて、その態度？　人間として最《さい》っ低《てい》ね。客を奴隷《どれい》かなんかだと勘違《かんちが》いしてんじゃないの」

「お客様は神様でございます」

「死ねよ、今すぐ」

「恐縮《きょうしゅく》でございますが、そういたしますとご協力《きょうりょく》できかねます」

「どうせあたしが取り次ぐまであんたはなんにもできないでしょっ！　それまで死ね！」

「いえ、ごきょ――」

「いいから死んでろよ！」

榊原が沈黙すると呉道も黙ったので、頃合いを見計《みはか》らって口にした。

「よろしければ取り次ぐまで対応をサポートさせていただければと存じます」

「サポートなんてできないでしょ！　どうすんのよっ！　言ってみなさいよ！　なに

をどうすんのよ！　ほら、ほらほらほら、言いなさいよっ！　言え――――――っ！」

　呉道の息が切れたところで、

「それでは、スピーカー機能《きのう》の付いた電話機をご用意いただけますか？」

　できれば音量《おんりょう》が一番大きい物を、と補足《ほそく》した。

　要は三者通話《さんしゃつうわ》である。エマージェンシーカスタマーセンターとトライ電機の電話を通話中にしたままもう一台の電話を用《もち》い小堀真の対応を行う。スピーカー機能を使えば、小堀の声は呉道と通話中の榊原まで聞こえるのだ。当然それでは榊原の声は小堀に届かないため実質《じっしつ》は三者通話ではないのだが、むしろその方が都合がいい。

「先程申し上げたURLにアクセスしていただけますか？」

「……IDとパスワードを入力しろって出たけど？」

「申し上げます」

　十桁《けた》のIDとパスワードを呉道に伝える。

「なにこれ、チャット？」

「左様でございます」

『BRAIN CHAT』。本来はオペレーターサポート用の社内ツールだが、他センターを遠隔《えんかく》でサポートするためWEB上にもサーバが置いてある。

「こんなのなんに使うの？」

「指示を出す際は文字《もじ》のほうが都合がよいかと存じます」

「確かに客の声がかぶると聞こえないし、喋りながらじゃ質問もできないわね」

「セキュリティは万全《ばんぜん》でございますが、個人情報などは書き込まないでくださいませ。その場合は監視《かんし》の者がサーバを強制的に落とす仕組《しく》みになっております」

「へー、クレーム対応専門の会社ってだけあるのね。たかがクレームにそこまでするんだ」

「たかがクレームが命取りになる場合もございます」

「IPBCってやつ？」

「そういう言葉もございますね」

「ねえ、さっきから気になってたんだけど……」

聞きづらかったのか、その先の言葉は端末に表示された。

Kuremichi　誰か知ってる人が死んだわけ？

かわそうか一瞬迷ったが、答えておいた方がこの後の対応が円滑《えんかつ》になるだろうと判断した。

Sakakibara　個人的な事でございますので詳しくは申し上げられませんが、母が死にました。

Kuremichi　ふーん。

「ざまあみろ」

明らかに敵意《てきい》を含《ふく》んだ言葉を向けられても榊原の心に乱《みだ》れはなかった。

「ごもっともでございます」

「……ごめん。嘘、冗談。気持ちわかる」

口早に弁解《べんかい》する呉道。情緒《じょうちょ》が不安定なのは小堀に連絡するのを潜在的に恐怖しているからだろうか。とかく相手に噛みつかずにはいられない人間のクレーム対応をサポートすると思うと懸念《けねん》ばかりが先に立つ。しかも相手はＩＰＢＣなのだ。

「そろそろ準備はよろしいでしょうか？」

「大丈夫、かけるわね」

「呉道様、その前にふたつほどお願いがございます」

「なによ？」

「ひとつは小堀様の仰ることに決して耳を貸さないことです。難しいかとは存じますが、可能な限り全身全霊をもって小堀様の言葉を無視してくださいませ」

「なによ、それ。あんたふざけてんの。それでどうやって対応しろっていうのよ！」

「わたくしが指示を出します。ふたつ目のお願いですが、対応に際しては決してご自身で判断することがないよう一言一句すべてわたくしの指示に従ってくださいませ。ですから、ただチャットの文字通りにもしくはわたくしの申し上げる言葉をオウム返しに喋るだけで結構でございます。意味を考える必要はございませんし、棒読みでも構いません」

「なに無茶言ってるのよ！　そんなんで上手くいくわけないでしょっ！　じゃあ、あんたの指示が遅れたらどうすんのよっ！」

「確かに通信設備の不具合等でそのようなことが起きる可能性は僅《わず》かながらございます。そのときは無言を貫いてくださいませ。相槌も不要です。あくまで指示をお待ちいただくようお願いいたします」

「な……なに言ってんのよっ！　どこの世界に顧客を無視して待ってろって指示を出すスーパーバイザーがいるわけっ！　あんた、頭おかしいんじゃないの！」

「呉道様がどうしてもと仰るのであればお好きなようになさって結構でございます。ですが、どうかくれぐれもご注意くださいませ。もしも、このふたつのお約束を違《たが》えるようなことがございましたら、そのときは――」

榊原の声質が変貌する。深く、暗く、不気味な、ＩＰＢＣである小堀真よりも陰湿な響きが、通信回線に木霊する。

「命の保証を――いたしかねます」

呉道は怯えた声で短く承諾した。

「ご理解いただきまして誠にありがとうございます。それでは、心の準備がよろしければ呉道様のタイミングでお電話をおかけくださいませ」

スピーカーモードにした電話機の呼び出し音が榊原のヘッドセットまで届く。五回、一〇回、二〇回とコールを重ねるが電話はつながらない。

「出ないわね」

「必ず出ます。お待ちくださいませ」

基礎の基礎だ、と榊原は思う。電話をかけてから緊張感を保てるのは大抵のオペレーターならおよそ呼び出し音一〇回ぐらいまでだ。その後はどうしても相手が電話に出ないかもしれないという考えが頭をよぎる。その希望的観測は時間を重ねるごとに増していき、同時に緊張感がなくなっていく。ベストなタイミングは電話がつながらないと判断したオペレーターが電話を切ろうと思う瞬間、つまり否が応でも頭の中からクレーム対応という文字が離れるその一瞬の隙《すき》に無理難題を叩きつけるのだ。

それがわかっているなら対処はできる。しかし、クレーマーにつながるまでの重圧は誰もが忌避したいと感じるほどのものなのだ。繰り返せば、それだけで相当のストレスを受けるだろう。地味で決め手になるものではないが、相手が出るのを待つ間は反撃もできず無条件で神経を削られる。優秀なIPBCはこのような基礎を決して疎《おろそ》かにはしない。電話に出ない事でさえ相手を追い詰め続ける。

依然としてコール音は続いている。榊原の読みでは、普段の呉道は後二コールほど、電話をかけてから四三コール目で電話を切ろうと判断する。その予想と近ければ近いほど小堀真は手強《てごわ》い。

「そろそろでございます」

「なんでわかるの？」

その直後、丁度四三コール目にノイズ混じりの声が絶叫した。

「何分マたせたとオモっているゥっ！　イってみろォッ、ノロマッ！」

Sakakibara　四七分二〇秒もお待たせしてしまい申し訳ございません。トライ電機の呉道ですが小堀真様でよろしいでしょうか？

即座に『BRAIN　CHAT』に表示された文字は小堀の言葉を聞いてから打ち込んだものではない。あらかじめ小堀の言葉を想定して入力しておいた一七パターンの内の一つの答えを選択し表示させたのだ。

榊原の指示通りの言葉を呉道は口にする。

「アぁ？　声をキけばわかるだろうガっ！　ソレより、なァ、呉道ィ。おマエはイったなァ。なァ、イったよなァ。オレはァ、このミミでエ、エマージエンシーカスタマーセンターにィかければァ、ちゃああんんと対応するとキいたがァ、チガうかァ？　オレのキオク違いかァ？　なァ？　なァ、呉道ィ――あの使えない女ァ、なんだァ？　オマエはオレをォ、このオレをォ、なめてんのかァ？　なァ、呉道ィ、なめてんのかってキいてんだヨ！」

最終的な着地点はエマージェンシーカスタマーセンターに取り次ぐ事だ。榊原は回り道する事なく切り込んだ。

「申し訳ございません。如月は小堀様の担当ではございませんので状況を把握しておりませんでした。すぐに担当者にお取り次ぎをいたします」

「フザけるなァっ！　シャザイにこい、シャザイだァ、シャザイ。アヤマレ、クズがァ。イマすぐアヤマリにこいっ、この能無しッ！」

「訪問謝罪をご希望ということでございますね。それではまず担当に取り次ぎましてお話をさせていただきます」

「呉道ィ、誰がソンナことをイッたァ？　オレはァ、オマエにィ、アヤマレとイっているんダ。オマエにアヤマリにこいとそういうイミだァ。ソンナこともワカらないのかァ？　ニホンゴ不自由かァ？　あァ？　なァ、呉道ィ、ワカったのか？」

「理解いたしました。それではわたしが訪問することにつきまして担当よりご説明をいたします」

「バぁぁぁぁカかァ、オマエはァ！　オマエはジブンの判断デ謝りにモこれないのカっ！」

「仰る通りでございます。そのため、担当へのお取り次ぎをご案内しております。よろしいでしょうか？」

たとえ何をどう言われたところで担当に取り次ぐと案内できる。ＩＰＢＣが相手でも、自分が直接対応していなくとも、榊原には取り次ぎなど欠伸《あくび》が出るほど簡単な作業だ。

だが、呉道が自分の判断で謝りに行けない理由を榊原の指示に従って説明していた途中、予想外の事態が起きる。

鈍い衝突音がけたたましく響いたのだ。嫌な予感が榊原の全身に走った。

乗せられているとわかっていても確認をする以外に手段はない。

「小堀様、大きな音が聞こえましたが大丈夫でしょうか？」

遅れて息苦しいまでの憎悪が耳の中で渦を巻いた。

「……呉道ィ、なァ、呉道ィ、どうするゥ？　なァ、どうしてくれるんだァ？　オマエ、大変なコトをォ、したぜェ、なァ、呉道ィ、運転中にデンワしてくるからブつけたァぞ。う――」

息が詰まった気配の後、耳を塞《ふさ》ぎたくなるほどの悲痛な声が大気を劈いた。

「あアあああアアアアアァぁアァァぁ、痛エエエエエエエェェェェエエ！」

やられた。車をぶつけたのは嘘かもしれないが、顧客を信じる以外の選択肢がない以上余程の事がなければこの状況は動かせない。いや、そうでなくても本当に事故を起こした可能性を否定できない。話を有利に進めるためなら車をぶつけるぐらい平気でやるのがＩＰＢＣの恐ろしさだ。この悲鳴も嘘ではないかもしれない。現に榊原にさえ演技とはまるで思えないのだから。なによりも最悪なのは、これでクレームの争点が移ったという事だ。

「申し訳ございません。わたしの配慮が足りませんでした。本日は難しいかと思いますので、また後日お電話をさせていただけないでしょうか？」

先に非を認める。電話をしても都合がいいか確認をしていない以上、小堀は確実にそこを責めてくるはずだ。勿論、切り返す方法はいくらでもある。だが、肝心の取り次ぎだけは不可能だ。エマージェンシーカスタマーセンターに取り次げるのは名目上、再生紙の一件のみなのだ。

「そのマエになァ、そのマエにィだァ。なァ、オマエは、どういう教育されてるんだァ？　カイシャに、じゃあナイぞォ。ヒトとヒトとの話だァ、これはァ。常識だァ、常識ィ。なァ、そうだろゥ？　デンワだァ。デンワ。わかるだろ？　デンワだ。相手がなにをしているかキくのが常識だァ。運転中かキくのは常識だァ。チガウかァ？　チガウのかァ？　なァ、呉道ィ。親のォ、顔がァ、ミたいなァ、マッタクぅ。バぁぁあぁあカな親の顔がぁぁあなァァァァ」

「誠に申し訳ございませんでした」

まったく違和感のない謝罪だった。呉道は素直に榊原の指示通りに謝り、おかしな感情の変化などは微塵も感じられなかった。少なくとも榊原にはわからなかった。なのに、小堀は気づいた。

「あァ、ああァァ、そうカそうカァ、そうなのカぁ。なるほどネぇ、なるほどォ。くふぁひゃひゃはふぁひゃひゃひゃ――」

間違いなく疑いようもなく誰の理解からも遠い、狂ってしまった人間の笑い声。そんなIPBCが誰も気がつかない哀しみに気づくのはどうしようもない皮肉だろう。

「なァ、呉道ィ。なあァァあ、呉道ィッ。オマエえぇえ、親ぁあぁ、どしたぁァぁァ?」

ことさら不気味な音の塊が反響《はんきよう》するようにヘッドセットを突き抜けた。

呉道は答えない。榊原も答えられなかった。予想を遥かに超えたIPBCの言葉は用意した三四パターンのどれにも当てはまらない。入力するよりも声が早いと榊原が指示を出す。だが、榊原が指示を出しているのを見透かしているとばかりに小堀の声が榊原の声を塗りつぶす。

「病気かァァァぁっ？　独房《どくぼう》かァァァぁぁ？　イないのかァァァぁぁ？」

榊原との約束通り呉道は答えない。聞こえるのは多少荒くなったほんの僅かな息づかい。わかるはずがない。信じられない。だが、もしも。だが、それが、相手が、仮に、自分の父親だったとしたなら、あるいは――

「そうカぁ、そうカそうカそうカぁ。イないのカぁ。どしたぁァ？　死んだかァ？　死んだなァ？　死んだんだァァぁ。ああ、死んだのねェェ？　くく、死んだ死んだ死んだァ死んだかァ」

脳裏に父親の事がよぎったその一瞬、榊原の頭から顧客の事が飛んだ。自らの対応中であれば挽回《ばんかい》が難しくない程度のミス、しかし三者通話でのサポート中には致命的だった。

「それは関係――ないと思います……」

待ちきれなかった呉道が抑えた声で言葉を返す。今度は榊原にも理解ができた。確かに呉道の親は死んだのだろう。

「なンだァ、その言い草はァ、あァ？　オレはァなァ、オマエがァ、心配でェ、イったンだァ。オマエが可哀想ダトおもってなァ。コドクでェ、クルしくてェ、サミしくてェ、不幸なァァ、不幸すぎるゥ、オ・マ・エ・のためをオモッてなァ。そうだろゥ？それ以外ないダろォ？　ソレをなンだァ、関係ナイ？　オモいアがるのもいい加減にしろォっ。なァ、オマエ、何様ァのォつもりだァ！　オマエはァ、そンなにイ偉いィイのカァッ！　親がァ、嘆いてるゾォ、なァ？　謝れよォ。謝れ。ソんなンじゃオマエェ、親ァ、死んでもォ、死にきれないだろうヨォ。アヤマレ、ヒトデナシがッ！」

憎悪と吐き気が焼けつくほどに込み上げてくる。殺したい。殺してやりたい。こんな屑《くず》にいつまでもいいように言わせておけるわけがない。狂いそうなほどの激情をもって反撃を決意する榊原、しかし小堀の声が遠ざかった。

ＩＰＢＣは榊原の存在に気づいていたのだろう。恐らく呉道にしか聞こえない程度に声量を調節したのだ。

耳をすますが呉道の声も弱々しくて聞き取れなかった。時折、謝罪している事だけをなんとか理解できるぐらいである。

Sakakibara　状況を説明できますか？
Kuremichi　父のことを
Kuremichi　保険
Kuremichi　許せなく

軽いパニック状態なのか、呉道の打つ文章が目まぐるしく変化する。

激情に駆られながらも榊原の頭は冷静だ。むしろ、激情と比例するように冴《さ》えわたっていた。高速コンピュータのように思考を回転させ、この状況で最も有効な答えを弾き出す。

驚くべき答えを。

Sakakibara　今すぐ電話を切ってください。顧客に断りを入れる必要はございません。

三秒待つ。小堀との通話は切れる気配がない。

Sakakibara　通信設備の故障と言い張ってクレームの争点を移します。宮ノ内電気通信への苦情であればエマージェンシーカスタマーセンターで対応が可能です。

運転中だと気がつかなかった事も電話回線に責任をなすりつける。電話回線が正常ならば顧客が外で電話に出た事に気づいたと言い張るのだ。榊原にはどれだけクレームが拡大しようと自分で対応さえできれば収束させられる自信があった。しかし――

Kuremichi　電話が切れない。
Sakakibara　なぜですか？
Kuremichi　手が動かない。

榊原は舌打ちした。ほたると同じだ。電話を切る、こんな単純な事ができないのはＩＰＢＣにそれだけ恐怖を感じている証拠だろう。故意、事故にかかわらず対応中、顧客の意思以外で電話が切断された時、次にどれだけ相手が怒るのかクレーム対応をした事のある人間ならば嫌というほど知っている。

だが、これ以上はやらせるわけにはいかない。このまま放っておけば本当に取り返しのつかない事になる。どんな手を使ってでも仕切り直さなければならない。

考えながらも手は既にキーボードを叩きマウスを操作していた。業務ツールを起動、パスワードを入力して宮ノ内電気通信の呼制御《こせいぎょ》サーバにアクセスする。ＳＶ権限でトライ電機の全通信回線を収容している局内側の端末を強制的に再起動する。問題行為なのは言うまでもない。

所要時間は二分。呉道との通話が切断される。

通信回線が復帰したところでトライ電機に電話をかけ直す。だが、受話器を上げたままなのか何度かけても話し中である。

結局、状況の把握もままならないまま、この日初めて第八フロアの成績《せいせき》に翌日《よくじつ》持ち越しのクレームが計上《けいじょう》された。

第三章「対応履歴《たいおうりれき》」

江東志緒の出勤時間は意外と早い。特別仕事があるわけではないが、SVだった頃の習慣が抜けず朝は六時に目が覚める。一度起きると寝つけない体質《たいしつ》な上、ベッドでごろごろしていると一〇分と経たずお腹《なか》が空《す》いてくる。家事全般《かじぜんぱん》は面倒《めんどう》なので嫌いだ。朝食《ちょうしょく》をとるため外に出た後、家に帰ってまた外出するのも億劫《おっくう》なのでそのまま会社へと向かう。カウンセリング室の空調《くうちょう》に心地よく浸《ひた》りながら、煙草を咥《くわ》え、新聞を斜《なな》め読みする、それがここ最近のパターンだ。

だが、今日は先約《せんやく》がいた。江東がカウンセリング室の電気を点《つ》けると、椅子《いす》の上にどんよりとしたオーラを四方に振りまく物体が鎮座《ちんざ》しているのが見えた。セーラー服姿のそれは、目を真っ赤にして顔をパンパンに腫《は》らしている。如月ほたるである。

「あんた、学校は？」

「夏休みだもん」

「嘘《うそ》仰い。なんで制服なのよ？　学校行くふりして出てきたからでしょ？」

俯くだけで答えようとしないほたるを見て、江東は深くため息をついた。

「どうしたのよ？」

「……必要ないって言われた」

「誰に？」

ぐずりながらほたるが答える。

「さか、き……ばらさん」

「まーた、あの冷血《れいけつ》は」

「冷血じゃないもん！　あたしが悪いんだもん。あたしが……」

と言葉を切って泣き出した。

「あー、もう、落ちつきなさい。クビって言われたわけじゃないんでしょ？」

「クビ？」

「そう。言われたの？」

「言われてない、けど」

「けど？」

「クビになったらどうしよう。大丈夫かな、志緒。大丈夫だよね……？　ね？」

すがるような眼差《まなざ》しである。

「わたしに聞かれても」

「だって、志緒、昔SVだったんでしょ。榊原さんと同じ職場で、ほら、あのなんとか保険《ほけん》会社」

「全然違うわよ。日東生命《にっとうせいめい》」

「そう、それ。日東生命。惜《お》しい」

「どこがよ」

「いいの。それよりSVだったんだから、ちょっとはわからないの？」

江東は煙草を咥え火をつける。

「わたしだったら、あんたみたいな危なっかしいの初めから使わないわよ」

「なんで？　どこが悪いの？」

若干ほたるはご立腹気味だ。頬をぷっくりと膨《ふく》らませ、致命的に目力の足りない瞳で一生懸命江東を睨んでくる。例えるなら、ヒマワリの種を限界以上に口に詰め込んだハムスターだ。

「どこがって、あんた物覚え悪いし、要領《ようりょう》悪いし、頭悪いし、言葉使い悪いし、空気読めないし、すぐ泣くし、甘ったれてるし、正直クビにならないのが不思議《ふしぎ》なくらい。

多分、誰に聞いたって同じこと言うわよ。まともなＳＶならね」

言いすぎたかも、と思った頃にはすでに遅い。ほたるはポタポタと水滴《すいてき》をこぼした。

「……あたし、やっぱり役に立たないのかな？　みんな、迷惑って思ってるのかな？」

そんな事はない、なんて今更フォローにもならないか。まったく手のかかる。

「本当に役立たずでただの迷惑なら、とっくにクビになってるでしょ」

「ぐすっ……どういう意味？」

「オペレーターの査定《さてい》はＱＡチームからの評価と担当ＳＶからの評価で決まるの。多分、あんたＱＡチームからの評価は最低よ。それでもクビにならないのは担当ＳＶの評価が高いからでしょ」

「でも、あたし昨日《きのう》すごい失敗しちゃったから、もう……」

「あんたがすごい失敗するなんてわかりきったことじゃない」

「志緒、それ、ひどい。どうしてそういうこと言うの？」

責めるような視線だが涙目なのであまり怖くない。

「言ったでしょ。わたしだったら、あんたみたいな危なっかしいの初めから使わないって」

ほたるは反論できず江東を見て「うー」と唸《うな》った。

「でも、じょーこー君はわざわざあんたを選んだ。絶対、とんでもないへまをやらかすのは目に見えてるのにさ。あんたの失敗を全部フォローするのを覚悟《かくご》の上で、あんたに電話をとらせてんのはなんでだと思う？」

「わかんない。でもあたしなんにもできないしクビにしたら可哀想《かわいそう》だって思われたのかも」

「絶対、ないわ。じょーこー君はそんなことに同情するような人間じゃないの」

「そんなことないよ。志緒は榊原さんを誤解《ごかい》してる！」

榊原の事となるとほたるはまるで見えていない。

「じゃ、あんた、同情で仕事続けられて嬉しいの？」

「嬉しくない、けど……」

「第八フロアは試験運用《しけんうんよう》中のチームなの。成果《せいか》を出せなかったら当然解散《かいさん》。担当ＳＶだって解雇《かいこ》されるかもしれないし必死よ。同情で人を選べるわけないでしょ」

榊原が必死になる理由はもっと別のものだが、そこまでは言えない。だが、だからこそほたるは同情などといういい加減な基準《きじゅん》で選ばれたわけではないのだ。

「でも、あたし取り柄《とえ》なんにもないし、なんで選ばれたの？」

「さあ？」

それは江東にもわからない。

「でも、選ばれたのは必要だったからでしょ。なんなら大好きな榊原ＳＶに聞いてみたら？」

「だ、だだだ、大好きって、だから、志緒、なんども言うけど、そ、そんなんじゃないよ？」

赤面しながら否定するほたるをよそに江東は吐き出した紫煙《しえん》をぼーっと眺《なが》めた。

本当は聞きたいのは自分じゃないだろうか。

一緒に仕事をしてそれなりに信頼《しんらい》されているつもりだった。実際、彼は自分を頼《たよ》っていたし自分も彼を頼っていた。彼は人間的な部分に欠陥があって、自分も似たようなものを抱えていた。それぞれに足りない部分を補《おぎな》う事ができたからこそ、上手くやっていたのだ。八年間、寄《よ》り添《そ》うように仕事をしてきた。彼が別のセンターにＳＶとして異動になった時も、自分はそのチームメンバーの候補者《こうほしゃ》に入っていて、「九年も一緒だと、さすがにうんざりね」なんて冗談を言った。なのに、九年目は来なかった。彼は彼女を選ばなかったのだ。

もしかしたら、本当にうんざりだったのかもしれない。自分は彼の過去を知っている。彼の八年間を知っている。彼が父親を憎んでいる事も、彼がその父親と同じ過《あやま》ちを犯した事も、全部知っている。その自分を遠ざけたかったのかもしれない。でも、そうじゃないかもしれない。聞けさえすれば、返事がなくともわかると思った。なぜほたるを選んで、そしてなぜ自分を選ばなかったのか。いや。なぜ、自分を選ばなかったのか。

その答えが知りたくて、カウンセラーの話を引き受けた。もうすぐ彼との関係は十年目に突入《とつにゅう》する。彼女は未だ聞けないままでいた。

朝礼《ちょうれい》が終わった後、電話をかけた。丁重にセンター名と役職《やくしょく》、名前を名乗ると大きく息を吸い込む音が聞こえた。第一声は罵声《ばせい》だった。

「どの面《つら》下げて電話かけてきてんのよっ！　無能――っっっ！」

そして、

「ねえ、あんたサポートするって言ったよね？　対応をサポートするってさ。どこがサポートなのよ。なんでわたしがあんな目に遭《あ》わなきゃならないのよ。誰のせいだと思ってんの！　どうせ自分が悪いなんて思ってないんでしょ！　無能っ！　あんたが余計な口出ししなきゃなんとかなってたんだよ！　どうしてくれるのよ。どうすんだよっ！　ああっ、雑魚《ざこ》っ！　責任とれ！　責任、責任、責任！　責任と・れ――――っ！」

続く第二声も第三声も罵声だった。切り抜ける手段がないわけではないが、呉道にはもう一度小堀真の対応をしてもらわなければならない。相槌と謝罪のみを返しながら彼女が落ちつくのを待った。およそ一時間、呉道は絶叫《ぜっきょう》を続けた。喉が嗄《か》れないのはクレーム慣れしているからだろうか。

「本当にどうすんのよっ……」

泣き言のような呟きは誰に向けられたものでもない。だが、これを見逃すようならクレーム対応などできはしない。

「あの後、なにがあったのか教えていただけますか？」

「急に声が小さくなって、散々文句を言われたわよ」

予想通り、か。しかし、一体いつ気がつかれたのか。誰かが指示を出しているのはそれまでの対応との違いで勘づくかもしれないが、普通ならばモニタリングしていると考えるのが妥当のはずだ。三者通話を匂わせるような事はしていない。だとしたら、向こうもただ山が当たっただけなのだろうか。そう思いたい。でなければ小堀の行動が榊原にも説明できない。

「文句だけでしたでしょうか？」

「……親のことを聞かれたけど……」

「答えましたか？」

「答えたわよ！　なに、悪いの？　だって、しょうがないじゃない！　答えなかったらまたわたしの対応が非常識だとか文句を言うんだから！」

呉道は会社の代表として電話に出ている。通常なら個人的な話に応《おう》じる事はできないが、会社の失態《しったい》を追及されるのと引き替えというのならば話は別である。クレームを悪化させないために世間話や雑談に応じるのも場合によっては有効な手段だ。しかし、ＩＰＢＣ対応においてはいかなる場合であっても間違いなのだ。彼らの目的は会社の人的資源《じんてきしげん》、会社を糾弾《きゅうだん》すると見せてその実、目線は常に対応者個人に向けられている。

なぜか？　企業対個人では勝敗は明らかだからである。どれだけ憤慨《ふんがい》しあるいは理《り》路整然《ろせいぜん》と苦情を言ったところでまともな会社ならばそうそう回答を変えたりはしない。顧客の要求がどれだけ正しかったとしても、できないものはできないのだ。ならば、どうするか。法外《ほうがい》な要求を呑ませるにはまず個人対個人で戦えばいい。

質問をしながら、相槌を打ちながら、声を荒立てながら、苦情を言いながら、説明を求めながら、奇声《きせい》を発しながら、彼らはただいかに相手に精神的苦痛を与えられるかを考えている。あらゆる手段を使って対応している人間を追い詰め、業務に支障《ししょう》が出るまでに疲弊《ひへい》させる。

そして、企業にこう思わせるのだ。これ以上人的資源の損害《そんがい》を被《こうむ》るぐらいならば、法外でも要求を呑んだ方がマシだと。実際問題、どれだけ潤沢《じゅんたく》な資金があったところで従業員《じゅうぎょういん》がいなくなれば会社は成り立たない。

オペレーターは会社の代表として電話に出ているといっても、感情がなくなるわけでもなければ、人格が消えるわけでもない。「こんなふざけた商品を売ってるんじゃねえ！」といった会社への苦情には素直に謝罪できても、「お前、馬鹿だろ？　そんな常識も知らないのか？」のような個人攻撃にはつい反論してしまいがちである。それだけ感情が動かされるのだ。

人には仕事だとしても言われたくない事、言われて許せない事の一つや二つあるだろう。それを言われ続けたとしたら？　信念を曲げて相手の正当性を認めなければいけないとしたら？　一日ならまだいいだろう。一週間でも我慢《がまん》はできよう。だが、一ヵ月、半年、一年と続き、なおも終わりが見えないとしたら？　耐えられなくなるのはむしろ必然《ひつぜん》と言えよう。企業対個人の有利は、ＩＰＢＣによって個人対顧客の不利に塗《ぬ》り替《か》えられる。譲《ゆず》れない一歩《いっぽ》を譲り続けなければいけない苦痛に、いつまでも耐えられる者などいないのだ。

小堀真は優れた洞察力によりその譲れない一歩を見抜くのだろう。だからこそ、ほたるは保留を解除する事ができないまでに追い詰められた。呉道も電話を切れなかった。それでもこんなものではない。ＩＰＢＣの本領《ほんりょう》はむしろこれからと言っていいだろう。

「どのような話をなさったのか教えていただけませんか？」

「わたし、コールセンターで働いている人と榊原って名字、吐き気がするほど嫌いなのよ」

かなり渋《しぶ》ると予想していたが、想像以上のイチャモンのつけ方である。

「どうしてだと思う？」

「わかりかねます」

「わたしの家、昔は工場をやっていたのよ。小さな金属部品《きんぞくぶひん》の工場だけど、家族全員でやり繰りして、父、母、兄、姉、妹の五人家族ね。四人の従業員とも仲が良くてさ、楽しい職場だった」

左様でございますか、と榊原は相槌を打つ。

「でも、運悪く世の中は不況《ふきょう》でさ、取引先の会社がそろって倒産《とうさん》しちゃったのよね。しかも、発注《はっちゅう》を受けた商品を作った後で、どうにか売ろうとしたんだけど買い取ってくれるところなんてあるわけないでしょ？　そのうち銀行から借りている運転資金の返済期日《へんさいきじつ》も迫ってくるし、従業員には給料が払えない、家族総出《そうで》で働いたわ。特に父は夜も眠らずに走り回って、なんとかお金を工面《くめん》しようと誰彼構《だれかれかま》わず頭を下げた。それでどうなったと思う？」

呉道は唐突《とうとつ》に無関係な話をしたわけではなく、榊原はすでに答えを知っている。

「どうにもならなかったのでございましょう」

肯定の代わりに呉道は続きを話した。

「その日の父は目も虚《うつ》ろで足下《あしもと》も危なっかしいくらいふらふらだった。母は止めたけど、父はもうすぐ目処《めど》が立つからと言って出て行ったわ。その後、父は遺体《いたい》になって帰ってきた。積もった雪で足下が見えにくくて建設《けんせつ》中だった橋の上から落ちたのよ」

淡々《たんたん》とした声が榊原のヘッドセットを通り抜ける。

「遺書《いしょ》があったわ。死ぬ気で働けばなんとかなる。なんとかなる前に死んじまっても保険金《ほけんきん》が下りる。だから俺は死ぬ気で働くんだ。もしも、俺が死んじまったら保険金で借金を返してくれ。情《なさ》けない夫《おっと》ですまないな。情けない父親ですまないな。情けない社長ですまないな。だけど、お前達は幸《しあわ》せになってくれ。どうか、ずっと、幸せに」

十数秒の沈黙が流れ、そして呉道はまた話し出す。

「突然《とつぜん》数千万円っていう大金がふってわいて、当たり前のように使い道で揉《も》めたわ。母は工場を続けたくて、兄は新しい事業を興《おこ》したい、姉はみんなで分けたいと言い出し、妹はそんなのどうでもいいと怒った。初めはただの家族会議の延長《えんちょう》、それが段々険悪《けんあく》になっていって、いつの間にか家族で腹の探《さぐ》り合《あ》いをするようになってた。工場の従業員はとっくに全員辞めていたわ」

世界には不幸がありふれていて、故人《こじん》の遺志が生ある者を動かす事などないのだろう。榊原の母も榊原がこうなる事を望んでいたとは到底《とうてい》思えない。だが、清く正しく真《ま》っ直《す》ぐ生きるのがどれほど難しいか、彼は知っている。心の芯《しん》まで焼《や》け焦《こ》がす憎悪《ぞうお》に囚《とら》われたまま抗《あらが》う事すら馬鹿らしく思えてくる。

「お金の使い道が決まらないまま、とにかく保険金を請求《せいきゅう》しようって話になって、姉が保険会社の担当者に電話をかけたわ。そこで問題は全部解決《かいけつ》した。家族の関係も全部よ。その担当者はこう言ったの。保険金は下りないって」

彼女にとっては想像すらしなかった出来事だろう。

「だけど父は戻らないし、家族の仲も戻らなかった。当たり前よね。それまで散々醜《みにく》い本性をお互い見せつけてさ、お金がなくなったから、はい元通りなんていくわけないわよっ。ただ、みんな気まずくて一緒にいられなくなって、それでおしまい」

榊原は呉道の心情《しんじょう》を乱《みだ》さないように相槌を打った。

「父の命になんて到底及ばないちっぽけなお金、だけど父が命を懸《か》けて家族のために残してくれたお金だった。それを、何の権利があって奪《うば》われなきゃならなかったの。どれだけいがみ合っていても家族と一緒にいたかったのに、それさえ奪って！」

逆恨《さかうら》みだと榊原には言えない。呉道が顧客でなかったとしてもだ。

「わたし、コールセンターで働いている人と榊原って名字、吐き気がするほど嫌いなの」

その台詞がイチャモンなんかではなかったのだととっくに気づいている。海平が彼女の名前を口にした時からすでに予感はあったのだ。どうしようもなく悪い予感が。

「どうしてだと思う？」

だけど、詫びる事は許されない。返答は決まっているのだ。

「わかりかねます」

「じゃ、その保険会社の担当者を恨《うら》んでいる子が少なくともこの世に一人はいるって思わない？」

「そうかもしれません」

「だったら……」

　空調がいやに寒く感じた。

「その恨まれている人は、地獄に堕《お》ちるわ」

　言葉が心臓に突き刺さる。ＩＰＢＣにさえ許した事のない領域《りょういき》まで踏《ふ》み込《こ》まれ、なおも榊原は平然と言い放った。

「仰る通りかと存じます。小堀様とお話しになった内容は以上でよろしいですか？」

「……そうよ。後は、また向こうから電話かけるから今度はちゃんと対応できるよう準備《じゅんび》して待ってろってさ」

　耳を疑う、それよりも早く質問が口を出た。

「また向こうから電話をかける――と仰いましたか？」

「そうよ」

　どういうことだ。それでは小堀真は自ら電話を切ったというのか。

「小堀様との通話は途中で切れませんでしたか？」

「なに言ってるの。切れたのはあんたとの通話でしょ。あいつとの話はその前に終わったわよ」

ありえない。小堀真は完全に呉道の急所を見抜いていたはずだ。なのに、みすみすチャンスを逃したというのか。一体何のために？　疑問に思いつつも表には出さず、事前の対応策を提示する。

「左様でございましたか。では、わたくしの直通《ちょくつう》の番号をお伝えしておきます。小堀様から連絡がございましたらお出になる前にまずはわたくしまでご連絡くださいませ」

榊原の席に直接つながる電話番号を教える。

「……それだけ？」

「はい。呉道様からは他に何かございますか？」

「別に」

「次回で解決できるよう対応方針を立てておりますので、どうぞご安心してお待ちくださいませ」

榊原があまりに自信ありげだからか、言い足りない気配は感じるものの呉道は素直に電話を切った。実のところ対応方針などありはしない。小堀は今までのＩＰＢＣと比べ異質すぎる。呉道を見逃した理由は一つしか考えられない。それは三者通話に気づいていた小堀が、本来間違っても冒すべきではない無駄なリスク——つまり、狙いは榊原という事だろう。

あのまま呉道を追い込んでも榊原にダメージはない。あえて時間を与える事で榊原さえ追い詰めようというのか。笑わせる。ならば、しっかりと礼をしなければならない。遥か深く、地獄の底よりも果てしない後悔を必ず返礼しよう。

榊原がヘッドセットを外し立ち上がった瞬間、あまりの嘔吐《おうと》感に視界が灰色に染まった。

第八フロア初の翌日持ち越しクレームは、榊原のミスに加え八号ファイル第四位のＩＰＢＣが絡んでいる事からＱＡチームの人員三名により常時モニタリングする体制《たいせい》となっていた。宮ノ内可憐も担当の一人である。

彼女は応対チェックシートの一〇〇項目それぞれの五段階評価に補足をした後、総合評価を入力しようとして、その手を止めた。

今回の対応には大きな問題はない。あれだけ激昂《げきこう》する顧客とよく会話がかみ合うものだ。報告されている失言をしたのと同じ人間とは思えないほど落ちついた対応である。むしろ、顧客の人格の方に大きな問題があるだろう。

なのに、どうしても高い評価をつける気になれなかった。機械的にチェックシートを埋めるだけならば彼の応対に申し分はない。ヒアリングも声の調子も言葉使いも全てが満点に近いだろう。だが、もっと根本的な何かが欠けているような気がした。上手く言葉に出来ないのは、今朝から少し熱っぽいからだろうか。どうも頭がぼーっとしている。

それと引っかかっている事がもう一つあった。

クレーマーという人種は事実を歪めてでも自分の要求を通そうとする。罵声も恫喝《どうかつ》も辞さない理不尽の塊だ。けれど、あの言葉は？

『その恨まれている人は、地獄に堕ちるわ』

なによりその後、榊原の返事に混ざって、微《かす》かに、ほんの微か、気にもとめない程度だけど、歯と歯が当たった音が聞こえたように思う。気のせいかもしれない。そもそもそんな音をヘッドセットで拾《ひろ》えるのかわからないし、たまたま歯と歯が当たる事もあるかもしれない。だけど、あれだけ冷静な榊原がもしも動揺したのだとしたら、あの顧客の言った事は事実なのかもしれない。そう考えた瞬間、足はすでに第八フロアに向かっていた。

目的地に到着《とうちゃく》する前に足を止めた。目の前から目的地がやってきたからだ。彼は平然と通路《つうろ》を歩き、宮ノ内を完全に無視して隣を通りすぎた。

声をかけるタイミングを逃し振り返ると、榊原はトイレの方向へ歩いていった。宮ノ内は以前の事を思い出して慌ててその後を追った。

案《あん》の定《じょう》、吐いているらしい。らしいというのは男子トイレへ足を踏み入れる勇気がないからだ。なんて事はない、はずなのにここから先は地雷原《じらいげん》だと言わんばかりに足が重い。

毎日吐いているからといって、吐くのが辛くないわけじゃないだろうし、何か助けになれるかもしれないし、もしかして倒れていたら救急車を呼ばなければいけないかもしれない。うだうだ考えている間に手遅れになるかもしれない。そう、これは人命救助なのだ。できる限りの理論武装《りろんぶそう》で宮ノ内は男子トイレの中へ突入した。

「あの、すいません」

個室《こしつ》のドアをノックして声をかけると、

「入っている」

いつも通りの榊原の声が返ってきた。

「大丈夫ですか？」

「ああ、快調だ」

かみ合ってない。とその時、談笑《だんしょう》しながら男子トイレへ向かってくる二人分の足音が聞こえた。

こんなところを見られたら？　宮ノ内は真《ま》っ青《さお》になって、榊原の個室を叩きに叩いた。

「開けてください。早く！」

「生憎《あいにく》とここは一人用――」

宮ノ内はトイレのドアを蹴《け》っ飛《と》ばした。

「漏《も》れそうなんですよ！」

ドアが開くと榊原が出てくる前に個室に入りドアを閉めた。直後、男子トイレに入ってきた男達の声が聞こえる。間一髪《かんいっぱつ》だった。しかし、落ちついてよく考えると榊原が入っている場所以外の個室は全部空《あ》いていたような気もする。いや、間違いなく空いていた。焦ると周りが見えなくなる欠点はどうにも治らないようだ。

顔を上げると榊原と視線が合った。何か言いたそうに見えたので、人差し指を口の前に持ってきて、

「静かに喋ってください」

頷いて榊原は急接近してきた。

「え、え、な、なんですか?」

一言ごとに後退したがトイレの個室は狭《せま》いのでこれ以上下がれない。動転《どうてん》しているせいか動悸《どうき》がして、間近《まぢか》で見た榊原はそれなりにそれなりだった。それなりってなんの話よと心の中でつっこんだ。

「大丈夫か?」

「な、なにがですか?」

榊原の手が宮ノ内の額に触れる。男の人なのに冷たい。なぜか心臓《しんぞう》を打ったみたいに、胸が弾《はず》んだ。

「熱がある」

「あ、えっと、ただの風邪です。大したことありませんから」

「気分が悪いなら先に使え」

「なにをですか?」

榊原の視線が便器に移った瞬間、宮ノ内は動いた。榊原の頭をおもむろに摑《つか》むと便器の口に押しつけ、耳元で小さく叫んだ。

「使うわけないじゃないですか。いいから、さっさと吐きなさい！」

「そう――がごばほぉぁっ」

返事とソレは同時だった。榊原は吐いた。食べた物を全部吐いて、胃が空《から》になっても胃液《いえき》を吐いて、胃液さえなくなっても終わる気配はなく、声も上げず吐きまくった。

まったく見当違いではあったが、こんなに辛そうなのに他人の風邪なんかを気づかって優先してくれるなんて、やっぱりあのとき憧《あこが》れた人なんだと宮ノ内は思う。饐《す》えた臭《にお》いが少し鼻をついたが、感謝の気持ちで背中をさすった。

「……くすぐったい」

吐き気が治《おさ》まったのか、心配したより平気そうに、けれどもバツが悪そうに榊原は言った。彼は顔を上げない。もしかして泣いているんじゃないかと思った。

「あのお客様が言っていたのは本当なんですか？」

しばらくした後に彼は答えた。

「保険金というものは払わないに越したことはない」

榊原はなんでもない事のようにあっさり言ってのけた。それでも、彼が望んでそうしたとは思えなかった。何か理由があるのだと思った。

「払えなかったんですか？」

「いや。払わなかった」

宮ノ内の手が背中から離《はな》れる。

「払わなきゃいけないお金だったんじゃないんですか？」

「契約上《けいやくじょう》はな」

「契約上はってそれが全てじゃないですかっ。どうして払わなかったんですか？」

「払いたくなかった。何一つ、渡したくはなかった」

「でも、それはお客様の権利じゃないですか。取り上げる理由はないはずです」

知らず宮ノ内の口調が強くなる。

「ＩＰＢＣは客じゃない」

「あのお客様がＩＰＢＣだったって言うんですか」

「結果的に違ったようだ」

「じゃ、そんなことが許されるんですか！」

どうしてだかわからない。現在進行形の話じゃない。この会社の話じゃない。なのに、放つ言葉は榊原を強く詰問《きつもん》していた。

「それはさっき答えた。保険金というものは払わないに越したことはない」

保険金を払わなければ保険料が丸ごと会社の利益《りえき》になる。保険会社が利潤を追求するあまり、本来支払われるべき保険金が支払われず問題となったケースが少なくないというのは、ニュースや新聞で報道《ほうどう》されている通りだ。

「そんなのお客様が納得するわけありません。どう考えてもおかしいじゃないですか！」

「全ての客が納得するまで説明した」

やれる事をやるだけならアマチュアでいい。やれない事をやるからこそプロフェッショナルだ。柏木聡明の言葉は正しい。やれない事をやるほどに榊原はプロフェッショナルだった。そういう事だろう。

「でも、彼女は納得してなかったじゃないですか……」

わかった。どうしてこんなにこだわるのか。ずっと憧《あこが》れていた人に幻滅《げんめつ》したくないんだ。期待外れだなんて思わせないで欲しい。もっと立派《りっぱ》でやり甲斐《がい》のある仕事なんだと教えて欲しい。昔の話なら、今は違うと、間違えたんだと言って欲しい。どうか、そんな諦めたみたいに無表情で言わないで……

「彼女がそのときの客なら最初に対応したとき気づいたはずだ。確証《かくしょう》がなかったからあんな婉曲《えんきょく》的な言い方をしたんだ」

榊原が保険会社に勤めていた頃に対応した相手が姉なら、トライ電機の呉道はその妹なのだろうか。

「でも、そのときのお客様も納得してないかもしれません」

「それは絶対にありえない」

「本気で言ってるんですか？」

顧客がどう思ったかなんて結局のところわからない。納得していなくても諦める場合がある事ぐらい電話をとっていれば誰だって知っている。

「俺はＩＰＢＣと同類《どうるい》だ。だから、そんなことはありえない」

そう言って、榊原はドアを開けた。

「おう、榊原の旦那《だんな》」

渋《しぶ》い声の男性がいた。

宮ノ内は急いでドアを閉めた。

「安心しな、嬢《じょう》ちゃん。多少聞こえてたもんで事情は承知《しょうち》してらぁ。言いやしませんぜ」

ほっと胸を撫《な》で下ろす。

「しかし男子トイレで逢《あ》い引《び》きたぁ、さすがはスーパーバイザーのお二人だ」

　思いっきりドアを蹴破って、宮ノ内は叫んだ。

「なにを聞いてたんですか――――っ！」

　それから自分はサブスーパーバイザーです、と訂正《ていせい》を付け加えた。


　昼。

　コールセンターは接客業《せっきゃくぎょう》のため当然休憩はローテーション制である。エマージェンシーカスタマーセンターでは一一時三〇分から一時間休憩を三交代《こうたい》でとる。一番最後に休憩に入る者は一三時三〇分になるというわけだ。

　しかし、電話対応は一対一となるので休憩の時間だからといって途中で別の人間に業務を引き継ぐのは難しい。自《おの》ずと対応が終わり次第休憩に入る状況《じょうきょう》が出来上がるのだが、そうそう都合よく顧客が電話を切ってくれるわけはない。なにせエマージェンシーカスタマーセンターへの問い合わせは全てクレームなのだ。一件の対応に一、二時間かかることはざらにある。

　そうすると、当初《とうしょ》組んだ休憩スケジュールはあってないようなもので、オペレーターを管理するＳＶ達は毎日休憩スケジュールの調整《ちょうせい》を余儀《よぎ》なくされる。

第八フロアに至《いた》っては悲惨《ひさん》と言ってもいい運用だった。オペレーターが合計六名という少人数チームのため担当ＳＶが榊原一人なのだ。管理者不在《ふざい》でオペレーターを業務につかせるわけにはいかないので第八フロアは全員一斉《いっせい》に休憩をとる必要がある。

勿論、六人同時に対応が終了する事はまずありえない。その分は榊原の休憩時間が圧迫《あっぱく》される。最初に休憩に入ったオペレーターと最後に休憩に入ったオペレーターとで休憩入り時間の差が三〇分あれば榊原の休憩時間は三〇分だし、一時間以上の差があった場合は休憩無しである。

ＳＶ会議ではそもそもチーム内に管理者が一人しかいないのは問題としばしば議題《ぎだい》に上っている。一人しかいないＳＶが電話に出てしまえば実質《じっしつ》管理者がいないに等しいし、遅刻や欠勤時もチーム内で対処できない。だが、現在のところ第八フロアのＳＶまたはＳＳＶを任せられるだけの人材がいないとして、管理者増員《ぞういん》の案を榊原は却下《きゃっか》した。ならば、せめてＧ　Ｌ《グループリーダー》をと聡明が食い下がるので、これには川守田を指名した。しかし、現状はほぼ雑用要員である。

ＩＰＢＣ対応を行うのは生半可《なまはんか》な能力では不可能だ。ましてＩＰＢＣの対応をしているオペレーターのサポートを行うのは、自分が対応するよりも遥かに困難である。

そこに至っては榊原でさえもまだ未知《みち》の領域。下手に引きどころを間違えればオペレーターの一生に関わる。到底《とうてい》、他人に任せられる事ではなかった。

「うーしっ、終わった終わった。常光、メシ行こうぜメシ」

言いながら川守田は榊原の背中を押し強引に連行しようとする。

「リフレッシュルームか？」

「あたぼうよ。全品半額だぜ半額、カップラーメンは八〇円、ペットボトルも八〇円。使わなきゃ損じゃねえか」

そのまま川守田に押されリフレッシュルームへと向かった。


「げ、混んでんな」

「一時間に一〇〇ミリを超える大雨だからだ」

「それ大雨だけでいいんじゃねえ？」

言いながら川守田は空いている席を探した。

「お、いたいた。行こうぜ」

川守田の指した六人掛けのテーブルでほたるが手を振っていた。同じ席に海平と救もいる。どうやら榊原達の席をとってくれていたようだ。

「お疲れ～っす、俺ちょっと昼飯買ってくるわ。常光、お前席そこな」

榊原は一度ロッカーから鞄《かばん》を出してから川守田が指定した席に座った。目の前にはほたる。その右隣に救、更に右に海平が座っている。

榊原は鞄からミネラルウォーターと小さな紙の包みを取り出した。

「お薬ですか？」と救。

「昼食だ」

「食べ物には見えませんけど？」

救は不思議そうに首をかしげた。

「疲れた体にはこれが一番だ」

榊原が紙の包みを開いてみせた。

「まあ、お清《きよ》めみたいですね」

塩だった。

「海水《かいすい》一〇〇パーセントの天然《てんねん》塩だ」

「美味《おい》しそうですね」

「まあな」

「おかしいだろその会話」

カップラーメンを持った川守田が戻ってきた。

「おら、お前らがあんまりボケた会話してっから海平さんが固まってるじゃねえか」

「いや、俺より質素《しっそ》な昼飯を見たので驚いただけだ」

海平の弁当はごはんの真ん中に梅干《うめぼ》しを乗せた日《ひ》の丸《まる》弁当である。

「質素つーか、常光のは昼飯ですらねえし。なあ、ほたるちゃん」

「うん。榊原さんは小食なんですね。あたし、お昼はいつも食べすぎちゃうから羨ましいです」

ほたるの目の前にあるのはサンドウィッチと野菜ジュース、チョコレートにシュークリームだ。食べすぎるのは昼食というよりもおやつだろう。

「ほたるちゃんは甘い物好きですよね」

そう言った救の弁当にはポテトコロッケ、蓮根《れんこん》のはさみ揚《あ》げ、だし巻《ま》き卵《たまご》、筑前煮《ちくぜんに》、ほうれん草のおひたし、切《き》り干《ぼ》し大根《だいこん》が入っている。

「毎度、毎度、よくそんな凝《こ》った弁当作れるもんだねえ。俺なんか最近まともなメシ食べた記憶ねえからな」

川守田の食生活は基本、朝食べない、昼インスタント、夜居酒屋に深夜ファミレスだ。

「あ、じゃあよかったら今度皆さんの分も作って来ましょうか？」

「マジで？　遠慮しねえけどさすがに一人じゃ大変じゃねえか？」

「それじゃ、ほたるちゃん手伝ってくれませんか？」

「いいよ。あたしでよかったら、頑張る」

おかしい、と若干ながら榊原は会話の流れに作為的なものを感じた。実際、その違和感は正しく、日頃標準を遥かに下回る食事しかとっていない榊原と海平を心配した救が提案、川守田が計画した『彼らに人並みの食生活を大作戦』である。当然のごとくほたるの恋を後押しするという内容も盛り込まれた一石二鳥の完璧な作戦だ。

「んじゃ、とりあえず今回は救ちゃんが俺と海平さんの分な。常光はほたるちゃんでもいいだろ？」

「わからん。なんの話をしている？」

「弁当だよ、弁当。今話してたじゃねえか」

「あの、榊原さんっ。あたし、一生懸命頑張ってぜったい美味しい料理作りますっ。だから、あの、だから……えっと、榊原さんのお弁当、作ってきてもいいですか……？」

若干、涙目の上目づかいでほたるは恐る恐る尋ねた。こんな顔で迫られれば誰しも自分に好意を持っていると自覚するはずだ。しかし――

「如月、なにを企《たくら》んでいる？」

作為的な会話の流れとほたるの懸命さに、榊原の危機察知能力が反応した。

「え、えっと、企むとかじゃなくて、あたしが作りたいんです」

「なぜ作りたいかを聞いている。理由を言え」

「いや、常光。だから、さっき――」

「黙れ、川守田。俺は如月に質問している。さあ、答えろ」

和やかな雰囲気の中、榊原だけが臨戦態勢だった。

「……ごめんなさい。あたし、もっと榊原さんと仲良くなりたくて……」

震えながら言ったほたるの瞳から涙がこぼれる。

「……迷惑、ですよね……。えっく……あ、あたし、志緒のところに行ってきますね」

泣きながらカウンセリング室へ駆け込んだほたるをよそに榊原は塩を一舐《な》めして、

「満腹だ」

どこ吹く風で食事を終えた榊原に、それぞれが思い思いの視線を向ける。全員の意見をまとめるなら空気読めよ管理責任者といったところだろう。部下達の不満に気づいた榊原が、手を合わせて言った。

「ごちそうさま」

「ちげえよっ！　反省しろよ、お前はよっ！」と川守田が直接詰めよる。

「反省、なぜだ？」

「ほたるちゃんだよ！　お前のせいで泣いてたじゃねーかっ！」

「それは的外れだ。如月はごめんなさいと言った。つまり、なにか企んでいたという非を認めたのだ。反省するべきは如月であって俺ではない」

「いやいや、お前と仲良くなりたかったって言ってたよなっ！　企むとかありえねえしっ」

「要は俺を懐柔《かいじゅう》しようとしたわけだ。これが企みでなくてなんだ？」

「だから、ほたるちゃんが誰かを懐柔しようとするわけないっしょっ？」

「人を騙《だま》すにはまず信用を得なければならない。人を騙すのが上手いというのは信用を得るのが上手いということだ。世の中で一番信用してはならないのは一番信用できる人間だ」

「……お前、本格的にやばいわ。やばいと思ってたけど致命的にやばいわ」

川守田はとうとう説得を諦めた。

「泉さんのお好きな料理はなんですか？」と救が話題を変えた。

「……コロッケ」

「え？　じゃあ、どうぞ」

「いらないよ」

救はポテトコロッケを海平の弁当箱の上に差し出し、海平は弁当箱を持ち上げてそれを避ける。結果、ポテトコロッケは無残にも床に落下した。

「……ごめんなさい」と救が謝る。

海平は落ちたコロッケを箸で拾った。

「わたし、捨ててきますね。置いてくださいますか」

裏返しにした弁当のフタが海平の前に出される。

「捨てるのか？」

「はい。落としてしまいましたし」

「死にはしないよ」

海平は落ちたコロッケをそのまま食べた。

「泉さんっ。駄目ですっ」

「うらふぁいふぉ」

一口で食べるにはコロッケは大きかった。

「食べてからで大丈夫ですから」

なんとか咀嚼《そしやく》しようとして海平は、身動きを止めた。

「泉さん？」

やはり返事はない。救は閃《ひらめ》いたように「わかりました」と声を上げると水筒のお茶を海平に渡す。

「どうぞ」

コロッケが喉につまったらしかった。

「すまん。助かった」

「どういたしまして」

笑顔で頷いた救の目の前に一〇〇円玉がパチンと置かれる。

「お茶とコロッケ代だ。足りないかもしれないが」

「え……いただけません」

「じゃあな」

救の手に強引に一〇〇円玉を握らせて海平は仮眠室へ向かった。

「うーん、海平さんだなぁ」と気まずい空気を打ち破ろうと川守田が一言。

「落としたコロッケでお金をいただいてしまいました」

「それは、まあ、本人が払いたかったんだからいいんじゃない」

「でも、ご家族が大変だからご自分のお弁当もあんなに節約《せつやく》しているのに、わたしのせいで余計な出費《しゅっぴ》をしてしまったんじゃないでしょうか？」

「まあ、そう、かも」

「やっぱりお弁当作ってきても迷惑でしょうか……？」

「えーとー、そんなことはないと。なあ、常光」

助け舟を出せという川守田の要求に榊原は応えた。

「ああ、問題ないだろう」

「本当ですか？」

「大丈夫だ。しっかり計っておいた」

川守田の落胆《らくたん》した顔が目に映《うつ》ったが、構わず榊原は続けた。

「泉はああ見えて三秒ルールを守っていた」

「あ、じゃ安心ですね」

「安心なのかよ迷信《めいしん》だよ！」

救は目を丸《まる》くして、

「え、そうなんですか？」

「まあな」

「お前、知ってたんじゃねえかっ！」

「そういう言い方もできるかもしれん」

「そういう言い方しかできねえよっ！」

「でも、さすがにわたしも知ってましたよ」

「お前ら実は俺をハメてんだろっ！」

「冗談です」

くすくすと救が笑う。「冗談って今のが、それとも今までのが」と川守田はぼやいた。

「でも、ほんとに食べてもらえなかったらちょっと悲しいですね」

「大丈夫、大丈夫、救ちゃんの手料理なら満腹でも食べちゃうって。なあ、常光」

川守田は榊原と肩を組んで無言の重圧《じゆうあつ》をかける。榊原は堂々とそれに応えた。

「可能性はゼロではない」

「たまには空気読めよっ！」

降《ふ》り続《つづ》ける雨は、夕方《ゆうがた》にかけてやがて雷を伴《ともな》った。

本日の入電数は今月に入って最高の数値を記録し、なおも更新《こうしん》中である。残り一〇分ほどで業務終了時刻《じこく》だが、未《いま》だ喧噪《けんそう》は止まず、通話中のオペレーター、走り回るSVやSSV達の顔は疲弊《ひへい》の色を隠せない。大半《たいはん》の案件は翌日に誘導《ゆうどう》したが、本日中にどうしても対応しろという顧客も少なくはない。管理職《かんりしょく》は全員残業確定である。

このような日は、総《そう》じてオペレーター、SVともにミスが相次《あいつ》ぐ。無理もない話だ。目まぐるしさに疲労が重なれば、どうしたって普段は犯さない簡単な間違いを犯してしまう。その簡単な間違いが致命的《ちめいてき》な痛手《いたで》となる場合もある。ただでさえクレームとなっている顧客に、つけいる隙を与え、重《じゅう》クレームへと発展するのだ。

そして、このような日は、同様にIPBCからの入電の可能性が高い。彼らは最も忙しく、最も疲弊している時間帯を狙って電話をかけてくる。

業務終了一分前、榊原の直通番号に着信があった。

待ち構えていた榊原が音が鳴るよりも早く電話をとる。

「大変お待たせいたしました。エマージェンシーカスタマーセンター担当――」

「きたわよ。どうすんの！」

名乗りさえ待てないといった勢いでがなったのが呉道だというのは声からも『BRAIN』に表示された発ID――発信者側の電話番号――からも明白である。ヘッドセットの向こう側から聞こえる着信音が大体四コール目ぐらいだろうと予測しつつ、呉道に『ＢＲＡＩＮ　ＣＨＡＴ』へのログインを促した。

「前回と同様、わたくしの指示通りに対応をお願いいたします」

「今度こそ絶対大丈夫なのよね！　上手くいかなかったらどうする気？　どう責任をとるのよ！」

今、この状況で電話に出ないで上手くいかなかった場合の話をしていてはそれこそ上手くいくわけがない。ＩＰＢＣの恐怖に怯える呉道を榊原はなだめにかかる。彼らしい、それこそ冷水をかけるようなやり方で。

「上手くいかなかった場合というのは呉道様が心的外傷を負った際のお話でしょうか。でしたら、ご安心くださいませ。ＩＰＢＣによって日常生活が困難になった患者を専門に診る病院を存じております。しっかり治療とリハビリを受ければ耳栓がなくても生活できるまで回復したという事例も少なくありませんし、なんと電話の音が平気になるまで回復したケースもあるようでございます」

呉道は黙った。榊原の言葉が冗談にもならないぐらい切実に感じられたのだろう。彼女が恐怖に怯え興奮するなら、その恐怖でもって蝕《むしば》み抑えつける。それができれば、従わせるのはこの上なく容易い。

「勿論、そんなことは万が一にも起こらないよう適切な指示をいたしますのでご心配なさらずに対応いただければと存じます」

「……わかったわ」

「それでは電話をとりましょう。もしも相手の声が小さい場合わたくしには聞こえませんのでなにを言っているかチャットで教えてくださいませ」

「わかった。じゃ、とるわね」

呉道が電話に出て名乗り上げる。予想に反して小堀の不快な声を耳が拾った。

「病院にィ、イってきたァ」

声が鉛のように重く体にのしかかる。たとえ発した言語が意味を成していようとそこにはコミュニケーションをとろうという意思がまったくない。感じるのはただ言葉による一方的な蹂躙《じゅうりん》、クレーマーよりも不躾《ぶしつけ》な悪意の吐露だ。

「昨日は配慮が足りず申し訳ございませんでした。お体の具合はいかがでしょうか？」

配慮の言葉にさえ小堀はキレた。

「イイと思うか、なァ！　オマエはイイとオモってキいてるのカっ！　クルマをぶつけてグアイがイイと思うのカっ！　アタマあるか、オマエ！　ナぁ、呉道イ、オマエはどういうつもりでそんなコトをキいたんだ！」

「具合が良いと思ったわけではございません。小堀様を心配してお体の調子をお尋ねいたしました」

「バカがくだらんイイ訳をスルなァ！　グアイを聞くのがシンパイなのか？　グアイを聞けばシンパイしたことになるのか？　オレがグアイを聞かれるのがイヤかもしれないとはオモわなかったのカ？　それでもシンパイか？　オイ！　それでもシンパイしたことになるのカぁ！　コタえろッ！」

大多数の顧客にとってプラスに働く気づかいが一部の顧客にはマイナスに働く時がある。個人の価値観や性格がそれぞれ異なる以上、このようなすれ違いは時折発生する。実際、事故を思い出すからと具合を聞かれるのすら嫌がる人間もいるだろう。しかし、小堀真がそうかといえば決して違う。ＩＰＢＣの思考原理はオペレーターの対応にいかに効果的な文句をつけるかだ。仮に呉道がどう答えていてもそれに相応しい適切な文句をつけたはずだ。

ＩＰＢＣに対して一般的なレベルでの失言をいちいち気にしていては始まらない。誠意とはつけいる隙を意味するだけだ。正当に近い不当な要求をそしらぬ顔で受け流し、絶対に何があろうと屈しない、貴様は顧客ですらないのだという事実を突きつける事で初めてＩＰＢＣ対応は決着を見る。

「小堀様が具合を聞かれるのが嫌だとは知りませんでした。わたしなりに心配をしての発言だったのですが以後気をつけるようにいたします」

「ウルサイ、屑《くず》ガ、喋ルなッ！　イシャ料だ。ハラえ。イマすぐだ。事故はオマエのセキニンだよナぁ？　イクラ出す？　イクラ払ウんだァ？　さっさとォォォ答えろォォ！　いくらダァッ！」

失態をつく、という意味では悪くはないが紋切り型のクレームだ。台詞だけ聞けばIPBCのものとは思えないほど低レベルだろう。しかし、現況においては極めて効果的である。

本案件のゴールはエマージェンシーカスタマーセンターに取り次ぐ事。少なくとも呉道にとってはそうだ。逆に小堀にとってのゴールはゴールしない事なのだ。

何の工夫も煩雑《はんざつ》さも伴わないこの単調な言いがかりは単調ゆえに取り次ぎができない。強引にエマージェンシーカスタマーセンターへの取り次ぎを案内すれば矛盾を追及される事は必至だ。同様に、通信回線に責任をなすりつける案も一手足りない。通話中に電話が切れるという大きなインパクトがあれば無理も通してみせるが、運悪くと言うべきかそれは回避された。さすがに二度も不正な目的で呼制御サーバを操作させるほどエマージェンシーカスタマーセンターのセキュリティシステムは甘くない。

本来、クレーム対応において顧客とオペレーターの力関係は顧客優位に見えて実質はオペレーター側が圧倒的に有利なのだ。なぜなら、顧客は自身の要求を通す事が最終目標であり、そのためにはどうしてもオペレーターの意思や会社の姿勢を切り崩す必要がある。対して、オペレーターは完膚《かんぷ》無きまで言い負かされたとしても顧客の要求を呑むか否かは自分の権限が及ぶ範囲での胸三寸である。

だが、ＩＰＢＣはこの企業側最大のアドバンテージさえ覆す。彼らは要求を通す必要がない。いや、そもそも要求などありはしない。ただ電話を続けられればそれでいいのだ。電話口のオペレーターが狂うまで。そのため先の図式は完全に反転する。なんとか相手に電話を切るという行為を強制させなければならないオペレーターに対してＩＰＢＣは電話を切らなければそれでいい。

ＩＰＢＣを相手にリスクを冒さない受け身の姿勢ではいつまで経っても問題は解決しない、という事だ。

「恐れ入りますが、事故はわたしどもの責任ではございません。慰謝料をお支払いすることはできかねます」

毅然《きぜん》とした言葉には矛盾が含まれている。ＩＰＢＣならば必ず食いつくはずだ。

「セキニンがぁぁぁないィィィ？　ソレはモンダイだなァ。セキニンがぁないのはモンダイだァ。なァ、呉道ィ、よくカンガえろォ。ないアタマをツカってよおおぉぉぉくだァ。モンダイだろォ、ソレは。アァ？」

「わかりかねます。なにか問題がございましたか？」

「ばぁぁぁぁかかオマエはァッ！　ホント、カスだなァ。くぉのクズがァ、ゴミくそみてえなぁヤツだッ！　ワカらないカぁぁ、ワカらなケレばなァア、キけよォ。イるダろォ。盗みギきしているヤツがァァァなぁ？　ソイツにぃいイってこいッ！　わたしは、ワタシはァ、ワーターシーはぁムノウなのでぇえ、カワッてくだサイってなアァ！」

　そうか。そういう事か。代われるものなら代わってみろ、今のはそういう意味だ。小堀の挑発を受け榊原は理解する。なぜ小堀真がわざわざ榊原の耳に届く声量で喋っているのか。結局、呉道をみすみす見逃したのと同じ理由というわけだ。標的はあくまで榊原。呉道などこのＩＰＢＣにとってまったく眼中にないのだ。

「そのようなものはおりませんので、なにが問題なのか教えていただけないでしょうか？」

「だァァァァめダなァ、借金モ返さないハンザイ者のコドモは！　オマエがイッたダロうがァ！　オマエが！　ジブンで！　オマエの口でナ！　覚エテないか？　覚エテないのカ！　詐欺師カ、オマエは！　オヤがオヤならコもコだな！　オマエはイッただろうガ！　昨日は申しワケございませんとォォ、ミトめたナ！　謝ったダロうガ！　オマエはジブンのセキニンでもナイのに謝ったノカ？　なァ、適当に謝ったカ、キいてんだヨ、答エロ！」

この場合、昨日は配慮が足りなかった点について謝罪をいたしました、と何について謝ったか説明するのがクレーム対応においては定石だろう。だが、そのような押し問答はIPBCの思うつぼだ。榊原が打ち込んだ文字を見て若干躊躇《ちゅうちょ》しつつ呉道は答えた。

「そのようなことを申した記憶はございません」

電話越しにさえ空気が変質する。息が詰まりそうなぐらいに小堀の怒りと憎悪が増大していく。

「トォォオコトぉぉぉン盆暗《ぼんくら》ぁだなオマエはァ！　生きてるカチもネェウジ虫めがぁぁ！　オレァアな、オマエの親にもメイワクしてルんダぁ。夏はオオいモんな、オマエの親。おっとォォ、イマ、ツブしたぜェェ、オマエの親ァ。仕方ぁナいなァ、オマエの親、ハエだモんなァ。ウジ虫の親だモんなァ。ツブされて当然、死んでアタリ前だァァ！　ぎゃっひゃっひゃひゃひゃひゃッ――なんとかイえヨ！　記憶がナイィィ？　フザけんナ！　オマエが忘レタだけだろうがウジ虫！　証拠はアるのカぁぁ？　証拠ダ、証拠ォォ、証拠ダヨ！　イッてないなら証拠をミせろォォォ、できるモンならなァァ！」

「かしこまりました」

二つの電話越しに榊原はいつも通りの丁重な牙を突きつける。小堀に届くのは悪意も憎悪もこもらぬただの言葉。ただその言葉一つで彼はＩＰＢＣさえも追い込んでいく。

「この通話はシステム上外部にて録音をしております。お聞かせするためにその担当窓口から折り返しご連絡をさせていただきます。またその担当より再生紙の件につきましても謝罪をいたします。お電話を切って少々お待ちいただけますか？」

この申し出を小堀は受けざるを得ないはずだ。お客様相談室など大抵の問い合わせ窓口には録音をする機能はあっても顧客に録音を聞かせる機能はない。だが、エマージェンシーカスタマーセンターにはそれがある。つまり、録音を聞くためには榊原から折り返し連絡が必要という事だ。無論、取り次ぎは小堀への案内とは逆で再生紙の件について謝罪するついでに録音を聞かせるという名目で行う。また、録音には呉道が謝罪した箇所が鮮明に残っているだろうからかなり厳しい展開にはなるだろうが、それぐらいのアドバンテージはくれてやる。

申し出を断り録音を聞かないのは呉道に非がないのを認めたに等しい。事故の件がなければすぐにでもエマージェンシーカスタマーセンターに取り次げる。どちらにせよ榊原を相手にする事になるなら前者を有利と判断するだろう。

勿論、どちらも拒否するという手段がないわけでもない。録音の聴取を要求し、なおかつ担当窓口からの折り返しを拒否するといったように榊原にも四九通りの方法が思いつく。

しかし、録音の聴取をするにはどうごねたところでトライ電機側の主張に依存せざるを得ない。どれだけ時間がかかるにせよ結局終着点は一つしかないのだ。

事実上、取り次ぎに関してはこの一手で詰みだ。小堀真が優秀なIPBCなら結論を先送りにしても榊原には大した痛痒《つうよう》を与えられないと理解したはずだ。

「ドンだけマたせるキだ、オマエはヨ！　何回も何回も何回モぉぉぉぉ、マたせテばっカだろうガ、ウジ虫ッ！　オマエのコトだ。ワカってンのカ、ウジ虫！　マッタク、親のカオがぁ見テエなァァァ。あァ？　死んでるンだっけェェェェ？　ハエだもンなァァァァ！」

案の定、ごねもせずに了承である。待たないとは言っていないし録音を聞かないとも言っていない、他の要求も出していない。ＩＰＢＣにとってこれは快諾も同然の返事だ。

榊原がクローズするための指示を出す。しかし呉道の反応はなかった。

「呉道様？」

思わず確かめた。確かめずにはいられなかった。

「──もう、やめて──」

小堀には聞こえないだろうか細い声。馬鹿な。早い。早すぎる。

「呉道様、もうほんの一息でございます。耐えてくださいませ」

見誤った。気づかなかった。まだ保つと思っていた。

呉道がとっくに限界を超えていたにもかかわらず。

「やめてやめてやめて、もうやめてよ！　そんなひどいこと言わないで！　悪くない！　お父さんは全然、悪くないでしょっ！　関係ないでしょ！　全部あたしが悪いの！　あたしのせいなの！」

「いイイやァあァあァ、チガうなぁ。ソレは違うゥゥ。オマエが悪いのは親が悪いカラだぁあ。オマエのセキニンは親のセキニンだァ。オマエが屑なのはぁぁぁ親がァ屑だからだァア。借金を踏ミ倒シテ、自殺スルようなァァ最ッッ低ェェェェの屑だカラだァ。なァ、オマエの親ァァ考エなかッタかなァ。ノコされた家族ゥゥがぁぁ、どうなるカぁ、考エなかったかなァ？　家族がみぃぃぃぃンなバラバラになって、オマエがヒトリぼっちにナったのはダレのせいダぁ？　ダレが悪いンだぁ？　オマエの親だァ。父親ダぁ。そうダロうゥ？」

「違う違う違う違う。違うっ！　そうじゃない！」

「チガわないさァァ。だって、オマエも、思っタだろゥ？　そう考エたロう？　『オトウサン、ナンデ、死ンジャッタノ？』ッてェェ、親を恨ンダだろうゥ？　恨ンダんだァ」

「あ……あ……ああ……」

「オマエは悪クないィ、ちィっともォォ悪クないぞォ。悪イのは、ヒトの気持チも考エずジブンカッテに死ンダ父親だ、ソイツがァなぁぁぁにもかぁぁぁぁも悪イ。だからァァ。だぁぁぁぁからァァな、オマエが親を憎ムのはトぉぉぉウゼンのことダぁぁぁッ！」

ドガンッと何かを投げつけた音が聞こえ同時に小堀の声が消えた。通話が切れたのだろう。

榊原は呉道に声をかけるべきか迷い、向こうから話してくるのを待った。

長い沈黙の後、

「人殺し」

今度は受話器を叩きつけたような音が聞こえ、呉道との通話が切れた。

しばらく呆然と宙を眺めた後、ゆっくりと口を開く。静かに声が鳴った。

「仰る通りでございます」

その言葉は榊原の本心だ。だから、痛くてたまらなかった。不幸中の幸いと言うべきだろうか、彼の表情は変化に乏しく、それに気づいた者はいなかった。


最後の対応者が通話を終えたのを確認した後、宮ノ内可憐はキーボードを叩いていく。今回は多少のミスや強引な案内もあったが、『ＢＲＡＩＮ　ＣＨＡＴ』でしかやりとりができない点を考慮すると許容範囲だ。しかし、やはりどうしても気に入らない。気に入らないが具体的に何がという根拠もなく機械的な評価を応対チェックシートに入力した。あとは後片付けをすれば今日の業務は終了である。

各業務用アプリケーションソフトを落とし、最後にリアルタイムモニタを終了しようとしたところで、あるアカウントＩＤが発信中の通話ステータスになっているのに気づいた。該当のアカウントＩＤの持ち主は先程まで対応をモニタリングしていた人物——榊原常光である。

宮ノ内は端末をシャットダウンするのを止めて、第八フロアへと向かった。


「なにをしているんですか？」

宮ノ内の問いに目線だけで反応した榊原は当たり前の返事をした。

「電話だ」

「見ればわかります。なぜ電話をかけているのかを聞いているんです」

「電話が切れたらかけ直すのは当たり前だ」

「切られたんですよ」

「だろうな」

「だろうなって、じゃどうしてかけ直すんですか？」

「宮ノ内は推測で判断するのか？」

確かに相手から電話を切ったと一〇〇パーセント断定できない限りはかけ直すのがセオリーだ。しかし、そのセオリーも場合によっては逆効果である。それになぜだかセオリー通りのはずの榊原の主張に違和感を覚えたのだ。

「状況から見て必要ないと思います」

「まだなにも解決していない。仮に客が切断したんだとしてもかけ直す必要がある」

「でも、出ないじゃないですか。出たくないってことなんじゃないですか?」

話している間も、榊原は発信し続けている。しかし、どれだけ待っても通話ステータスは発信中のままだ。

「IPBCとの電話を切ってしまったのは問題があると思いますけど、すぐにかけ直すよりは時間をおいた方がお客様も冷静な対応ができると思いますよ。それにIPBCが電話をかけてきたら、また向こうから連絡してくるんじゃないですか?」

エマージェンシーカスタマーセンターでIPBCの対応を行っているのなら、勿論すぐにかけ直すべきだろう。だが、今呉道に通話がつながったとして彼女と次の対応についての建設的な話し合いができるかは疑問だ。すぐに小堀にかけ直すなどというのはクレームをより悪化させるだけである。

「俺は俺の責任で最後まで対応する。口出しするな」

「どうしてそんなにムキになるんですか?」

榊原はマウスをクリックする。発信中の電話が切断された。

「あのお客様だからですか?」

宮ノ内の質問を無視して榊原は立ち上がった。

「ちょっと、待っ」

無言《むごん》で立ち去ろうとした榊原の腕《うで》をつかまえる。

「放《はな》せ」

「その前に答えてください」

榊原が強く引いた腕によろめきながら、しがみついた。

「もう一度だけ言う。放せ。後悔《こうかい》するぞ」

暗《くら》い声だった。心が冷《ひ》えるほどの。

「脅《おど》してるつもりですか？」

「警告《けいこく》だ」

それでも、もう止められなかった。

「けっこうです。後悔なんて、したことありませんから」

「本当か？」

「けっこうですっ」

「なら……うっ」

小さく呻《うめ》いたと思うと、宮ノ内の背筋《せすじ》に冷たいものが走った。いや、正確には生《なま》暖《あたた》かく、頭からかけられたそれは、榊原の吐瀉物《としゃぶつ》だった。

「ご、ごご、ごふあっ」

そして第二射《にしゃ》が放たれる。

「な……え、え？」

事態を把握しきれていない宮ノ内に、彼は言った。

「言ったはずだ。後悔する、と」

次第に宮ノ内を襲う異臭やべっとりと体にまとわりつく不快感、そして湧《わ》き上《あ》がる怒りを彼女は解き放った。

「この虚弱体質《きょじゃくたいしつ》っ……」

榊原の襟首《えりくび》をつかんでトイレまで連行する。

「待て、宮ノ内っ。ここは女子トイレ――」

「いいから吐きなさいっ」

宮ノ内は半ばやけくそで榊原の背中をさすった。

「痛、痛っ、痛え！」

思わず拳《こぶし》が入っていた。脊髄《せきずい》めがけて。

「そうですか。痛いですか。ここですか？　それともここですか？」

宮ノ内の攻撃は的確に急所を狙っていた。

「っの、待て、宮ノ内っ。社内で暴力沙汰《ぼうりよくざた》は問題だ」

「社内で吐くのは問題じゃないんですか！」

「事故だ」

「これも事故です。気にしないでけっこうです」

「なに、そうか。いや、しかし、どんな事故だ？」

宮ノ内はにっこりと口だけで微笑んだ。

「すいません、最近手がすべりやすくて」

「なるほど。よくあることだ」

「そんなわけありますか！」

怒りを静めようとしたのか、かなりいい加減に同意された。宮ノ内にはそれが更に腹立たしかった。

「お前が今自分で言ったはずだ」

「それが、なんですかっ！」

「つまり、手がすべりやすいというのは嘘か？」

「当たり前じゃないですかっ！　どこの世界に本当に手がすべりやすくて殴《なぐ》る人がい

るんです！」

　宮ノ内は怒りをそのまま榊原にぶつけた。

「それは故意《こい》に殴ったということか？」

「なにか文句でもあるんですか」

　宮ノ内は拳を振り上げて威嚇《いかく》する。自分が優位に立っていると疑わなかった。どう考えても非は榊原にある。この場は多少理不尽な扱いを受けても平謝りが常識だろう。しかし、榊原常光に常識などなかった。

「社内での暴力行為は非常に問題だ。この件はしかるべき部署に報告する。厳正《げんせい》なる処分が下るまでせいぜい待ってろ」

「な……」

　宮ノ内は絶句《ぜっく》した。未だ便器から離れられない男の背中はどう見ても冗談だが、その声はどう聞いても本気だった。

「だが、俺も鬼《おに》じゃない。今すぐ、その手を下ろせば保留にすることを考えないでもない」

「も、元はと言えば、榊原ＳＶが悪いんじゃないですか」

「自分に向かって嘔吐された報復に俺を殴ったと、そういうことか」

「違います。つい、力が入っただけじゃないですかっ！」

「お前は故意に殴ったと言ったな？」

「それは言葉のあやです。あげ足をとらないでください」

「宮ノ内、言い逃れできると思うか。重要なのは、お前が殴ったのか、殴っていないのか、その事実だけだ。違うか？」

その通りだった。榊原がその気になれば本当に宮ノ内を処分する事が可能だろう。社内のハラスメント相談窓口は事実のみで動く。細かなニュアンスはあまり考慮《こうりよ》されないのだ。

「もう一度言う。拳を下ろせ」

今度は命令だった。感じたのは明確な敵意、今まで顧客にひどい罵声を浴びせられる事はあっても同僚にこんな冷たい声をかけられた事はなかった。

宮ノ内は振り上げた手を胸元《むなもと》まで下ろして、ゲロまみれのジャケットを握ると乱暴《らんぼう》にボタンを外してそのまま榊原に叩きつけた。

「交渉《こうしょう》決裂《けつれつ》か？」

続いてブラウスのボタンを上から二つ外す。捨て身だった。なんでこんな事をしているのか自分でも馬鹿みたいだが、目の前のわからずやを一度ぐうの音が出なくなるまで懲《こ》らしめてやりたかった。

「榊原ＳＶ」

「……なんだ、宮ノ内」

もう榊原の声に余裕はなかった。こっちの意図に気づいたのか、出方《でかた》を慎重《しんちょう》に窺《うかが》っている。

「謝るなら今の内ですよ」

「なんのことだ？」

あくまで榊原は白《しら》を切《き》る。しかし、地《ち》の利《り》は宮ノ内にあった。ここは女子トイレなのだ。

「悲鳴あげてもいいんですか？」

最後の悪あがきに榊原は個室トイレからの脱出《だっしゅつ》を試みたが、待ってましたと言わんばかりに宮ノ内は抱きとめた。第二ボタンまで外したブラウスから下着が見えそうで、少し恥ずかしかった。

「セクハラの現行犯《げんこうはん》です」

「ち、忘れてやる」

即断《そくだん》だった。いかに榊原でも女子トイレにいるところを見られては、セクハラを回《かい》避《ひ》することは至難《しなん》である。だが、宮ノ内は攻撃の手を休めなかった。

「それだけですか？」

「……悪かった。謝罪する」

「謝ってもらっても服が綺麗《きれい》になるわけじゃないですよね？」

極力冷たい声で、意地の悪い事を言った。今まで聞いたクレーマーの言葉を参考にして。

「クリーニング代だ」

榊原が差し出した一万円札を払いのける。

「いりません。こんなのもう着られませんから」

それぐらいじゃ足りないというサインだった。クレーム対応のスペシャリストである榊原がそれを見逃すはずはない。

「手持ちがない。後日《ごじつ》でどうだ？」

「榊原SVはこの服で電車に乗れって言うんですか？」

「そうは言ってない」

「じゃ、どうすればいいんですか？」

「わからんが、ないものはどうしようもない」

宮ノ内は大きく息を吸い込んだ。榊原は即座に反応する。

「わかった。カードを使う」

「榊原SV」

「なんだ？」

「おなか、すきませんか？」

「いや……」

「わたしはすきました」

「……そうか」

宮ノ内は満面の笑みを浮かべて、

「榊原SVはどうですか？」

普段は空気を読まない榊原だが、ことクレーム対応中においては別である。

「言われてみれば、俺も空腹だ」

「そうですよねっ」

宮ノ内はそれ以上口にしなかった。気まずい沈黙の意味を理解し、榊原が口を開いた。

「宮ノ内がよかったら、スーツを購入した後、今日の詫びに食事でもどうだ？」

「はい？　スーツを買った後、なんですか？」

　わざと聞こえなかったふりをした。勿論、仕返しの一環《いっかん》である。意図を察《さっ》した榊原は一〇〇点満点の回答をくれた。

「是非、宮ノ内と食事したいんだがなんとか都合をつけられないか？」

「仕方ありませんねー。そこまで言うならご一緒してあげてもいいですよ～、さ・か・き・ば・らＳ・Ｖっ」

　ここぞとばかりにはしゃいでやった。なんだか楽しくなった。なぜだかわからないが楽しくて仕方なかった。

　濡《ぬ》れタオルで応急処置《おうきゅうしょち》をして、宮ノ内がシャワーを浴びるのを待ってから、区内の商店街に移動した。

　めぼしい店を探す途中、榊原がディスカウントストアで買い物して出てくると、宮ノ内がブティックの前で足を止めていた。ショーウインドーにはシルバーグレーのパンツスーツ。品格と女性らしさを兼《か》ね備《そな》えたシルエットは一流ブランドならではだろう。

「素敵《すてき》ですね」

宮ノ内はもう五分はマネキンを見つめたままでいる。それがウインドーショッピングというものだと榊原にはわからなかった。

「なら試着しろ」

「はい？」

鳩《はと》が豆鉄砲《まめでっぽう》を食らったような顔をした宮ノ内を置き去りにして店内に入る。宮ノ内が慌てて追いかけて来るよりも早く店員に試着の了承《りょうしょう》をもらっていた。

「サイズは合うか？」

「ピッタリですけど……」

パンツの方を裾上げすれば、と小さい声で呟く。

「着心地《きごこち》はどうだ？」

「いいですけど……」

「デザインは気に入ったか？」

「気に入りましたけど……」

「よし完璧だ」

「あの、でも、これ高すぎると思います」

「高すぎるのは問題か？」

「あのスーツは安物ですから」

「迷惑料だ。とっとけ」

宮ノ内が遠慮しているのを、榊原は更にごねようとしていると思っていた。だから、彼は有無《うむ》を言わさず会計を済ませた。

「なにが食べたい？」

「なんでもいいですけど、あの、ご飯はわたしが奢《おご》りますね」

「断る」

警戒するように即答した榊原の言い方が可笑しくて、宮ノ内はくすっと笑った。

「でも、それじゃ悪いですから」

「なにが悪い？」

「スーツですよ。これ、わたしのお給料の一ヵ月分はしますよ」

「気に入らないのか？」

「そんなわけないじゃないですかっ」

「なら問題ないだろ」

宮ノ内はまだ納得していない様子だが、榊原も譲歩するわけにはいかなかった。宮ノ内の要求は自分にとって都合が良すぎる。何か裏があるに違いない、と彼は思っていた。

「それじゃ、ワリカンにしませんか？」

「嫌だ」

宮ノ内は思わず吹き出した。

「そんな力いっぱいワリカン断る人普通いませんよ。なにがそんなに嫌なんですか？」

「俺が誘ったんだから俺が払うのが当然だ。宮ノ内は俺に恥をかかせる気か」

榊原は全力で割り勘の回避に努めた。宮ノ内は困ったような表情を浮かべたが、彼は無表情だった。ただし、内心はかなり困っていた。宮ノ内のたくらみを見抜く事ができないのだ。当然である。宮ノ内のそれはたくらみではなく厚意《こうい》なのだ。

「それじゃ、どこか簡単に食べられるところに行きませんか？」

宮ノ内が少しでも安い店にしようと気づかった事は当然のごとく榊原には伝わらなかった。彼は顧客を相手にするようにより具体的な問診《もんしん》をした。

「簡単に食べられるというと、どんな店だ？」

「んー、じゃ、榊原さんがよく行くお店とかどうですか？」

「わかった。俺がよく行く店で間違いないな」

要望を完璧に復唱すると、榊原は自信を持って歩き出した。

着いた場所は宮ノ内の要望とはかけ離れていた。

「こんなところによく来るんですか？」

普段は見上げる事しかない四三階建てビルの最上階まで専用エレベーターで昇ると、世界が変わったように感じるほどのアートパネルとガラス彫刻の数々を豪奢《ごうしゃ》なシャンデリアが照らしている。奥に進めば驚くぐらい天井の高いメインダイニングがあり、広大な空間を囲んだガラス窓の向こうに宝石みたいにちりばめられた夜の景色が浮かんでいる。しかも、ウッドテラスとチャペルのおまけ付きだ。

物珍しそうにあちこちに視線を移す宮ノ内は明らかに地に足が着いていない。ウエイターに椅子を引かれた時も戸惑っている様子だった。一方の榊原は、宮ノ内が放心している間に注文を済ませ、何食わぬ顔でくつろいでいる。

「要求通り俺が今までに一番来た回数の多いレストランを選んだ。子供の頃だが、ここでは二、三回食事した。サービスも一流だ」

「二、三回って、それぐらいならもっと行ってるところあるんじゃないですか？」

「基本的に外食はしない」

「なんで言わないんですかっ！」

「大きな声を出すな」

ウエイターが数人、何事かと榊原達の様子を窺っている。

「すいません」

「いや」

「どうして言ってくれなかったんですか？」

「俺の判断ミスだ」

「そうじゃなくて、言ってくれればよかったのにって」

「その点は謝罪する」

「だから、謝ってほしいわけじゃありません」

「返す言葉もない」

「ですから、もう」

ため息をついた宮ノ内の次の手が榊原の脳裏《のうり》には一瞬で二四パターン浮かんだ。だが、どの予測も当たりはしなかった。

「すいません。折角《せっかく》来たんですから楽しまないと損《そん》ですよね」

タイミングよく食前酒《しょくぜんしゅ》が運ばれてきた。

「乾杯《かんぱい》しましょう」

宮ノ内の心情の変化を理解できない榊原は怪訝《けげん》に思いつつもグラスを掲《かか》げた。

「お疲れ様です」

「ああ」

音を鳴らさず乾杯すると、榊原は食前酒のキールを口に含んだ。

「子供の頃によく来たっていくつの時なんですか？」

「七歳から八歳にかけてだ」

「家族で来たんですか？」

「ああ。父親とな」

「いいお父さん……」

「違う」

宮ノ内の言葉に被せた否定は明確な意志の表れだった。

宮ノ内は少し考えてから、次のように結論を出した。

「喧嘩でもしているんですか？」

その質問に対して正しい回答を榊原は持たなかった。喧嘩と言えば喧嘩になるのかもしれない。だが、もう何年も会っていない父親は榊原をどう思っているのか。そんな事は考えても仕方がないし考えたくもない。少なくとも榊原に言えるのは一つだけだ。

「俺は父親を憎んでいる」

「どうしてですか？」

榊原の返事が遅れると、宮ノ内はしまったというような表情をした。

「あの、すいません……」

「俺の父親は、一流のサービスを見せるためにこの店に俺を連れて来た。一流になるためには一流がどのようなものか知らなければならないからだ」

「お父さんはレストランで働いている人なんですか？」

「違う。先程の言葉を正確に言うなら、一流のサービスマンにクレームをつけるには、一流のサービスマンがどのようにクレーム対応を行うかを把握しておく必要があるということだ」

宮ノ内はきょとんとしている。言っている意味がよくわからないのだろう。

「えっと、つまりクレーム対応の見本を見に来たってことですか？」

「正解だ」

「あ、わかりました。お父さんもお客様相談室みたいな場所で働いていて、小さい頃からクレーム対応の方法を教えられていたから、榊原さんは普段の言葉使いとか態度とか全然だめだめなのにクレーム対応だけは得意なんですねっ」

長年の謎《なぞ》が解けたと言わんばかりの勢いで宮ノ内はまくし立てた。

「違う。俺が父から教えられたのはクレームの方法だ」

「クレームの方法って、だからクレーム対応の方法ですよね？」

「クレームをつける方法だ」

宮ノ内は、まだわからないといった顔をしている。

「どうしてそんなことするんですか？」

「俺の父親はＩＰＢＣだ」

口にした途端《とたん》、吐き気がこみ上げた。それを噛み殺して、榊原は続けた。

「そういう俺も、同類だ」

自分が普通ではない、と榊原は知っている。話せば誰かを傷つける。骨の髄まで染みついた習性が、当たり前の人間関係を許しはしない。こんなに和やかに、こんなに微笑ましく、宮ノ内と会話をしているのはまるで奇跡のようだった。だから、その言葉は警告であり、精一杯の優しさだった。これ以上、近寄れば傷つけずにはいられないと――

「そんなわけありますかっ」

いつも通りの口調で宮ノ内は彼の言葉を否定した。

「朝もそんなこと言ってましたけど、榊原SVはIPBCとは違うじゃないですか。確かに変人で、冷たいところもありますけど、そういう思い込みは良くないですよ」

そのくすぐったいような心地よさが安堵《あんど》なのだとは榊原にはわからなかった。だから、彼は自分がどうなりたいのかもわからないまま、誰にも知られたくなかった過去を話し始める。

「保険金を払わないで客を納得させるのはさすがに至難《しなん》の業だ」

「はい？」

急に切り出した話について来られない宮ノ内を置き去りにしたまま榊原は続けた。

逃げるように。

「だから、父親と同じことをした」

「……同じことって？」

恐る恐る聞かれた事は理解できた。だから、できる限り陰惨《いんさん》な言葉を使った。

「俺は客を精神的に追い詰めた。切実な願いと僅かな望みを手玉に取って、尊厳《そんげん》を踏みにじり、心の傷を抉《えぐ》り、絶望《ぜつぼう》を突きつけて、そして――」

躊躇《ためら》いを振り切って、彼は言った。

「殺した」

榊原は返事を待った。長い時間、長い沈黙を、ずっと待ち続けた。だが、返事はなかった。なにを期待していたのか、なぜ話してしまったのか、だから知られたくなかったというのに。

「今日話した彼女はその客の妹だろう。その客が俺に電話をかけてくることは二度とない。納得したくなくとも、納得せざるを得なくするのは簡単だ」

「どうして、そんなに冷静なんですか……」

心の底から込み上げてきたような呟きだった。

「どうしてそんなことを、そんなに冷静に言えるんですかっ！」

こんな激情《げきじょう》を何度聞いた事か。そうだ。いつも、いつだって、榊原が間違っていて、他の誰かが正しい。彼が対等《たいとう》でいられる相手はＩＰＢＣだけなのだ。

「……榊原ＳＶはわたしと初めて話した時のことを覚えてますか？」

宮ノ内が何を言いたいのかわからなかった。だから、質問にはそのまま答えるしかない。

「ああ」

「本当に覚えてますか？」

証拠を見せろと宮ノ内が言うので、懐かしい台詞で答えた。

「顧客ならばなにを言っても許されると思っている馬鹿は死ねばいいのです」

宮ノ内は意外そうな顔をした。

「いつから気づいてたんですか？」

「最初からだ。クレームからただの一歩も逃げようとしない新人を初めて見た。可能なら第八フロアに欲しいと思っていた」

目の前の瞳が丸くなる。そして、言葉を噛みしめるようにゆっくりと喜びに満ちた輝きを灯《とも》し出し、真っ直ぐ榊原を見据えた。

「わたしもあなたに憧れていました。あなたを尊敬していました。あなたのようになりたいと思っていました」

榊原はその瞳の持つ意味をただつけいる隙としか感じられず、唇を強く噛んだ。

「それは買《か》い被《かぶ》りだ。俺のようにはなるな。絶対に、だ」

「どうして言い訳しないんですか？」

言い訳して欲しいと、聞こえた。だけど、願望に過ぎないと振り切った。

「言い訳する材料がない」

「昔の話じゃないですかっ！」

「違う」

宮ノ内が何にこだわっているのか、まるでわからなかった。だが、少なくとも昔の話などではないのだ。

「昔も今も、俺は変わらない」

今更、どれだけ願ったところで心の底から憎悪《ぞうお》が溢れ出すのを止める手段はない。いや、願おうという思いさえ、とうの昔に枯《か》れ果《は》てた。

「俺はＩＰＢＣだ」

結局はその避けられない事実に集約《しゅうやく》される。誰でも知っている。コールセンターに働く人間ならば誰でも。本当のクレーマーは腐《くさ》った連中ばかりだ。商品以前に、サービス以前に、対応以前に、彼ら自身がまずおかしいのだ。改善しようがないほどに。だからクレームはなくならない。クレーマーは死ぬまでクレーマーなのだから。

「そんな言い訳はけっこうですっ」

だが宮ノ内は食い下がった。

「それなら、明日から変わればいいじゃないですかっ。お客様の目線《めせん》で見て、お客様の立場に立って、お客様の気持ちになって考えられるようになればいいだけです。やってみればすぐにできます。わたしにだってできたんですから」

　どうして彼女はこんなにも真っ直ぐに成長して来たのだろう。自分を目標にしていたはずなのに。自分とはこんなにもかけ離れて、純粋《じゅんすい》で、なにより遠い。

「期待に応えられるよう善処《ぜんしょ》する」

　そんな彼女を踏みつけるように、また嘘を並べる。

「約束しますよね？」

「可能な限りの努力をする」

　あくまで可能な限りである。

「絶対に諦めませんね？」

「一生の課題《かだい》として取り組もう」

　一生課題のままでも構わない。

「具体的にどうするんですか？」

「日々の業務の中で意識を反映していく」

　意識がなければどうしようもない。

「榊原ＳＶ」

宮ノ内は勢いよく食前酒を飲《の》み干《ほ》すと、グラスでテーブルに音を立てた。

「なんだ？」

「そんな言葉は聞《き》き飽《あ》きましたっ！」

榊原が口にしたのは全てクレームをかわすための常套句《じょうとうく》、その場限りの言い逃れである。他の人間ならいざ知らず、エマージェンシーカスタマーセンターのＱＡチームで働く宮ノ内が引き下がるわけもなかった。

「謝罪する」

「謝罪はけっこうですっ」

謝罪以外の言葉はいくらでも思いついた。だが、そのどれもが宮ノ内を納得させるものではない事もわかっていた。榊原には彼女を傷つける以外の方法で、この場を切り抜ける事ができなかった。

「できなかった時の言い訳なんて考えないでくださいっ。わたしは、変わりたいのか、変わりたくないのか、それだけを聞いているんですっ。どっちなんですか？」

変われるわけがないと思っていた。だから、黙るしかなかった。

「……もういいです。帰ります！」

「待て」

ふり向いた宮ノ内に向かって飛んできた小さな物体を、彼女は思わず受け取った。

ついさっき榊原がディスカウントストアで購入した風邪薬である。

「使え」

こじれた関係を修復させる術を榊原は持っていない。彼にあるのはただ幼い時の記憶だ。嫌っていた母と無視されていた自分が奇跡みたいに仲直りを果たした思い出、その時と同じように風邪薬を渡しても宮ノ内には伝わるわけもなく、榊原はなぜ自分がそうしたのかさえわからない。

「……それだけ、ですか？」

「……他になにかあるか？」

宮ノ内は風邪薬を投げ返そうとして途中で思いとどまり、小さな声で言った。

「駅に行きますから……！」

立ち去った宮ノ内がそう言い残したのは追いかけて来いという意味だろう。榊原は会計を済ませ店外へ出ると、そこから駅とは逆の方向に歩き出した。


雷が鳴っている。

暗闇《くらやみ》を照らすように雷光《らいこう》が閃《ひらめ》いている。

照明の落とされた第八フロアに、一人の男の影が明滅《めいめつ》する。榊原常光である。彼は宮ノ内と別れた後、またこのエマージェンシーカスタマーセンターに戻ってきた。

理由は一つ、時間が経ったからつながる可能性があると思ったのだ。だから、宮ノ内を追いかけなかった。それが正解だと彼は考える。トライ電機の営業時間はとうに終わっているが、居るような予感がしたのだ。顧客の気持ちなど理解もできない榊原だが、彼女の気持ちだけはわかるような気がした。「人殺し」と掠《かす》れた声で憎悪をぶつけてきた彼女の気持ちを、とても身近に感じていた。

切られた直後が嘘のように、いともたやすく電話はつながる。

「誰？」

声の主は呉道。恐らく彼女も榊原が相手だと予測していた。

「榊原でございます」

「こんな時間に何の用？」

「お電話が切れてしまいましたのでおかけ直しいたしました」

「切ったのよ」

雷鳴《らいめい》が受話器と外の両方から聞こえてきた。トライ電機はわりと近くにあるのだろう。

「ずっと、やまなければいいのに」

「なにがでしょうか？」

「雷よ」

「女性は苦手なものだと思っておりました」

「あたしも昔は嫌いだったわよ」

「左様でございますか」

「聞かないの？」

呉道は別人のように穏やかで、

「なにをでしょうか？」

「どうして好きになったのか」

そして、悲しい声をしていた。

「結構でございます」

「つまんない人」

外が光った後、遅れて重低音《じゅうていおん》が大気《たいき》を走る。その音に紛《まぎ》れて、おぞましい言葉が唱《とな》えられた。

「雨雲《あまぐも》は水を注《そそ》ぎ。雲は声を上げた」

歌うような呉道の声。

「あなたの矢は飛び交い。あなたの雷鳴は車のとどろきのよう」

高く澄《す》みきった囁《ささや》きが、霹靂《へきれき》と共鳴《きょうめい》する。

「稲妻《いなずま》は世界を照らし出し。地はおののき、震えた」

幼い頃に何度も聞いた父親の口癖。

「……あたしに、戦う意志をくれた人の口癖よ」

いつ、どこで、と無数の質問が口から出かかって榊原は全身の力を緩《ゆる》めた。一言誤《あやま》ればようやく見つけた手がかりを見失う。大きく脈《みゃく》を打つ胸と冷えていく頭。感情に流されればなにもかも台無しだ。

「それは勇《いさ》ましい言葉でございますね。なにと戦うのでしょうか？」

「この世の理不尽《りふじん》な全てよ。父を殺して、その死を蔑《さげす》み、姉を嘲笑《あざわら》って、命を奪い、家族をバラバラにした全て。あたしに牙を剝く全て、あたしが許せない全て、なにもかもよ」

敵意が自分に向けられているような気がして、息が詰まった。恐らく、その予想は間違っていないだろう。

「あんたは、殺したいほど誰かを憎んだことがある？」

答えづらい質問を、榊原は即答した。

「勿論ございます」

リスクは承知の上だった。ＱＡチームに後で叩かれる事も。

「呆れた。普通、そういうこと言わないわ」

「信じませんか？」

「真《しん》には迫ってた」

呉道の声は僅かに笑みを含んでいる。

「あたしもあんたと同じ。その人も、あたしと同じ。ううん、あたしよりもずっとずっと色んなものを憎んでいた。だから、あたしは救われたの」

「お気持ちは理解できます」

だけど嘘だ。

「憎んでも構いません。恨んでも構いません。壊《こわ》したかったら壊せばいいのです。そう思えるようになった時から、生きるのが楽になりました」

「そうね。本当にそう」

嘘だ。本当は楽になどなれはしない。

「その人は雷が好きで、さっきの言葉をいつも口ずさんでたわ。だから、あたしも雷が好きになった」

「わたくしの父も、よく同じ言葉を口ずさんでおりました。今は音信不通《おんしんふつう》でございますが」

「ふーん、偶然《ぐうぜん》ね」

「左様でございますね」

焦《じ》らされているのか、焦れているだけなのか、もどかしさを抑え呉道の言葉を待った。

「……同じ人だと思う？」

「そうかもしれませんね」

もう少し。思わず口にしてしまいそうになる。

「お父さんのこと、好き？」

「勿論でございます」

当たり前のように返した嘘の報《むく》いが、当たり前のように返ってくる。

「じゃ、会わせてあげない」

伝わってくる。彼女の自分に対する憎しみが痛いほどによくわかる。これは当然の答えだ。それでも、なんとしてでも聞き出す必要がある。決意の瞬間、電話の向こうから、から、から、から、電話が鳴った。

「どうしてよ……」

「いかがなさいました？」

雷が一際《ひときわ》大きく鳴り響く。

「どうして、あたしばっかりこんな目に……。なんで、もう、いや、うるさいっ」

「呉道様、落ちついてくださいませ」

ヘッドセットの向こうから聞こえる着信音は止む気配はない。

「どうすれば……もう、いやだ。どうして、こんな、やめて、言わないで、言うな、やめろっ。違う、違う違う違う、大丈夫、うるさいっ！　いつまで、続けるの、こんなこと、もう」

榊原は何度も呼びかけたが、呉道はただパニックを起こすばかりだ。

「いや……いや――――――――――――――っ！」

再び鳴った轟音《ごうおん》とともに通話が切れた。かけ直してもコール音さえ鳴らない。恐らくは、通信設備のどこかに雷が落ちたのだろう。

第四章「ＩＰＢＣ」

応答率が分刻《きざ》みで下がっていく。昨夜《さくや》の雷は日本全域に及んだようでその影響は甚《じん》大《だい》である。グループ会社や顧客企業《クライアント》からは次々とクレーム案件が取り次がれ、連日の雷によって疲弊したオペレーターやＳＶの形相《ぎょうそう》は推《お》して知るべし、様々な指示が半ば怒号《どごう》に近い形で飛び交っている。一歩間違えれば対応中の顧客にも聞こえかねない状況だ。そんな中、榊原はいつも通りの無表情で淡々と仕事をこなしていた。だが、彼も決して冷静なわけではなかった。

「……だけど、あれってどこにあったっけ？」

川守田が榊原の目の前で手をふる。

「常光？　どした？」

「ああ、聞いてなかった」

「おいおい、大丈夫かよ。昨日泊《と》まりで寝てないんだろ」

「問題ない。もう一度言え」

「いいよいいよ、海平さんにでも聞くわ。お前はちょっと休んで来いよ。後は俺、見とくし」

川守田にはGLの権限が与えられている。形式上ではあるがSV不在《ふざい》時に第八フロアの運営を任せる事が可能だ。

「大丈夫だ」

「行っとけって。残り、俺と海平さんだけだろ。俺は後処理《あとしょり》だけだし、海平さんなら一人でも問題ないっしょ。それにもう終わりそうだし」

言われてようやく気づく。睡眠不足《すいみんぶそく》のせいか判断力が落ちているようだ。

「そうだな。泉には対応が終わり次第休憩に入るよう伝えてくれ」

「あいよ」

判断力が落ちているのは睡眠不足のせいだけではなかった。昨夜の事が頭から離れないのだ。

あの後、朝までトライ電機へ電話をかけ続けたが一向《いっこう》につながらなかった。呼び出し音さえ鳴らないのは、トライ電機側の通信網《つうしんもう》か電話機本体が雷の影響で故障した可能性が高い。

それに通話が切れる前にかかってきたあの電話。呉道の混乱具合から察するに間違いなく相手は小堀真だ。恐らくナンバーディスプレイに表示された番号でわかったのだろう。

小堀がかけてきた回線も故障しているなら問題はない。だが、そうではなく、その電話を呉道がとっていたとしたら？

『この世の理不尽な全てよ。父を殺して、その死を蔑み、姉を嘲笑って、命を奪い、家族をバラバラにした全て。あたしに牙を剝く全て、あたしが許せない全て、なにもかもよ』

『その人は雷が好きで、さっきの言葉をいつも口ずさんでたわ。だから、あたしも雷が好きになった』

『どうして、あたしばっかりこんな目に……。なんで、もう、いや、うるさいっ』

彼女の言葉が幾度《いくど》となく頭を通りすぎるのは、初めて見つけた父への手がかりだからか、それとも——いや、それ以外に理由などあるわけがなかった。

リフレッシュルームで無言のまま同僚とすれ違い、思考の渦《うず》にのめり込んでいく。IPBCを退け、彼女から父の行方《ゆくえ》を聞き出すには——不意《ふい》に手を引かれた。

「なんで、そんなになにもなかったような態度なんですか、榊原ＳＶっ」

すれ違ったのは宮ノ内だった。昨日買ったシルバーグレーのスーツに身を包んでいる。

「なにもなかったからだ」

爆弾発言だった。宮ノ内は顔面を紅潮させ親の仇でも見るような目で榊原を睨んでくる。

「馬鹿にしてるんですかっ。なにをどうしたら昨夜のことがなにもなかったことになるんですかっ！　どういう神経しているんですか！」

それなりにボリュームのある声のおかげで周囲の視線を一斉《いっせい》に浴びる。

「どうして追いかけて来なかったんですか？」

「追いかける理由がなかった」

「ずっと待ってたんですよ」

「だろうな」

「わかってて追いかけなかったんですか？」

「正解だ」

宮ノ内は自分を落ちつかせるように深く息を吸った。

「……あの後、なにをしていたんですか？」

後ろめたい事は何もない。榊原は堂々と答えた。

「電話だ」

「誰とですか？」

なぜか怒りのボルテージが一段階《だんかい》上がった。

「トライ電機の呉道だ」

更に怒りのボルテージが上がった。

「どうしてですか？」

「説明済みだ。途中で電話を切られたからだ」

「どうしてわたしを追いかけて来なかったんですか？」

「それも説明済みだ。電話をしていたからだ」

「どうして電話をしていたんですか？」

「仕事だからだ」

「営業時間は終了していたじゃないですか」

「関係ない」

「関係あります！」

「見解《けんかい》の相違《そうい》だ」

「そういう問題じゃありません！」

宮ノ内の視線は益々厳しさを増し口調はまるで詰問《きつもん》しているかのようだ。

「仮に百歩譲って絶対に電話しなきゃいけなかったとしても、追いかけて来る余裕ぐらいあったんじゃないですか？」

「追いかけていたら、話せなかったかもしれん」

「それは、わたしならいつでもどうにでもなるって思ったってことですよね？」

「それは考えなかった」

「考えもしなかったんですかっ！」

一言交わすごとに宮ノ内のいら立ちは募《つの》っていく。だが、榊原は彼女が一体何に対して怒りを発しているのかわからなかった。

「ああ。考えもしなかった。なにか問題か？」

「ふざけないでくださいっ！　どうしていつもいつもわたしを怒らせるようなことばかり言うんですか。そんなにわたしのことが嫌いなんだったらそう言えばいいじゃないですか！」

「安心しろ。なんとも思っていない」

「なんとも思ってないって、わたしのことなんかどうでもいいってことですか？」

「そうだ。それで満足だろ」

「満足なわけないじゃないですか！　どうでもいいって言われて満足な人がどこにいるんですかっ！」

返す言葉がことごとく火に油を注ぐ。榊原にはやはり理解できない。彼が知っている人間関係は利害関係だけだ。どう考えても宮ノ内との間にはそれは成り立ちそうもない。成り立つものかという感情が宮ノ内からありありと伝わってくる。だが、その感情に何という名前をつければいいのか榊原には想像さえも遠い。

「わかってますよね？　わからないわけないですよね？　だって、榊原SVはわけのわからないことばっかり言うクレーマーとだってちゃんと意思の疎通がとれるんですからね！　わたしの言っていることがわからないわけないですよね？」

榊原にわかったのは宮ノ内はもう限界ギリギリだという事だけだ。下手なことを言えば爆発《ばくはつ》するのは確定だろう。しかし、榊原に打つ手はなかった。彼は可能な限り心証《しんしょう》が悪くならないよう最低限、口調と言葉使いを正した。顧客相手では申し分ないその対応が、日常生活では逆効果になるとは思ってもみなかったのだ。

「誠に申し訳ございません。宮ノ内様の仰ることが理解できかねます。もう少し簡単に説明していただけると大変助かるのですが？」

その瞬間、宮ノ内の中で何かが切れるのがわかった。

言ってやると宮ノ内は思った。そんなに理解できないなら、馬鹿でもわかるように、これ以上ないってほど簡単に説明してやる。具体的に、簡潔《かんけつ》に、何に対して、どう怒っているのか、オブラートに包《つつ》まず、遠回しな表現もやめて、体裁《ていさい》なんか気にせず、要約《ようやく》して要約して要約して、要点のみを絞り出した思いの丈《たけ》を言葉にしてぶつけた。

「わたしとクレーマーと一体どっちが大事なんですかっ！」

あれ、と思った頃には周囲が静まり返っていた。さっきまでの好奇《こうき》の視線はなりを潜《ひそ》め、誰もが無関心を装《よそお》いながらはっきりと耳をすましている。著《いちじる》しく体面の悪い状況である。そこへ、川守田が気まずそうに口を挟《はさ》んできた。

「あー、じょ、常光？　ちょっといいか、直通番号に電話なんだけど……」

榊原の背中が遠ざかっていく。

どうして、あんな事を言ってしまったのだろう。言いたかった事は他にあるのに。

どうして——いや、それはいい。とにかくこのままじゃいけない。今のまま行かせたら絶対に駄目だ。

昨日、駅で待ちぼうけを食わされている間、散々榊原の言葉を反芻《はんすう》して、馬鹿みたいに何度も何度も考えて、それで今日ようやく気づいた。榊原の致命的な欠点に。普段ならその欠点がＩＰＢＣ対応において正しいとは言えないながらも優位に働いていた。だけど、今回は三者通話だ。ちゃんと伝えなきゃ――

考えると同時に走り出していた。思い立ったらなりふり構わず、後先さえ考えないのが彼女の性質だという事は先の発言の通りである。

「榊原ＳＶっ！」

「まだあるのか？」

立ち止まらない榊原の隣に並ぶ。

「どうして本当のことを教えてくれないんですか？」

「嘘をついた覚えはない」

「でも、ちゃんと話してくれてませんよね？」

「なんの話だ？」

「お父さんのことです」

表情を変えない榊原が、僅かに動揺したのがわかった。

「答える義務はない」

明確な拒絶に怯まず食いついた。

「でも、関係ありますよね。榊原ＳＶがＩＰＢＣに執着《しゅうちゃく》する理由と」

「執着などしているものか」

「してますよ。してるじゃないですか！」

「第八フロアはＩＰＢＣ対策チームだ。そういう意味では執着してる」

軽くかわそうとした榊原に対して、捨て身のカードを切る。

「雨雲は水を注ぎ。雲は声を上げた」

榊原が立ち止まる。

「お父さんの口癖でしたっけ？」

「……ああ」

「お父さんに会いたいんじゃないですか？」

ＱＡチームはセンターの全対応をチェックするのが仕事だ。榊原の対応件数が一件増えていれば当然録音を聞く必要がある。つまり、昨日、榊原が何をしていたか宮ノ内は知っていて、あえて聞いたのだ。何をしていたか知っていて試すみたいに聞いた事を責められるかと思ったが榊原は何も言わなかった。そして何も答えなかった。

「榊原ＳＶがＩＰＢＣに執着するのはお父さんからの電話を待っているからですか？」

「さあな」

「なんで教えてくれないんですか？」

「昨日の録音を聞いたならわかっているはずだ」

「わからないから教えて欲しいんです」

答える気はないとばかりに、榊原は歩き出した。

「榊原ＳＶっ」

食い下がるように追いかけた。

「なぜわざわざそんなことを聞く？」

「なぜって？　そんなの決まってるじゃないですかっ」

榊原の欠点を伝えようとして、さっき、あれ、と思った感情がまた顔を出した。頭をよぎったのは思いもよらない言葉だった。

――江東先生は知ってるのに、自分が知らないのは負けた気がするから――

違う違う違うそんなわけがない、と頭の中で必死に否定を繰り返して絶句するしかなかった。

「どうした？」

「さ、榊原ＳＶはお客様の気持ちを考えたことあるんですかっ！」

なんとか方向転換しようとするも動悸《どうき》が収まらない。軽いパニック状態である。

「ある」

「足りません。もっと考えてくださいっ！　もっともっと、相手の立場に立って！　他人の気持ちが理解できる人間になってくださいっ」

上手く説明できない。ただ言葉を口にするだけで精一杯だった。

「そしたら、色んなことに気づくんですっ！　見えなかったものが見えるようになって、聞こえなかった声だって、聞こえるようになるんですっ！」

それでも必死になって伝えようとした。急に辿々《たどたど》しくなった口が恨めしかった。

榊原はわからないといった表情で一瞬立ち止まり、宮ノ内をじっと観察してから言った。

「宮ノ内、風邪は治ったか？」

「ど、どういう意味ですかっ。わたしは別におかしなことを言ってるわけじゃ――」

「早く治せ」

おかしい。なんで、こんな事ぐらいで……。宮ノ内は言い返せなくなって、第八フロアへと去っていく背中をいつもとは違う気持ちで眺めていた。

なんでだろう。全然わからない。顔を合わせれば諍《いさか》いばかり喧嘩ばかりで価値観だって仕事に対する姿勢だって全然違う。だけど、例えば今みたいに、例えば風邪薬を貰った時みたいに、例えば初めて電話で話した時みたいに、榊原の本心がどこにあるのかわからなくなる。知りたくなる。それがずるい。最低なら最低らしく優しいところなんて見せなきゃいいのに。


ノイズ混じりの声が耳元で呪詛《じゅそ》を囁く。

電話に出た榊原を待っていたのは呪いの言葉だけだった。

「アノ事故ォでなァ、足ガ痛ムんだァ。ガラスの破片がァ深く肉を抉ってェなァァ。抜こうと思ッタら、痛くてェェ、血ガどくどくとォ溢レテ来るんダ。ガラスをとったらァ、ホネが見えたァァ。神経がズタズタでェ、血まみれでェ、動かソウと思っテも、足ガ動カナイんだァ。俺のアシがァ、動かないんダァぁぁ」

ねっとりと体の内側に直接はりつくような声。それを、一体どれだけの時間聞き続けていたのだろうか。もしかしたら、昨日の夜からずっとなのかもしれない——

「ナぁ、どうしてくれるゥゥ？　お前ノせいダろ。お前のセイで俺の一生は台無シだァ。どうしてくれるんダ？　なァ、おマエは俺にナニをしてくれるンだァァァ？」

通話がつながってから延々と罵声はやまない。それは、すでに勝敗は決したという意味だ。

「お前のようなナぁ、阿呆《あほう》ガ、間抜ケが、コノ俺ニぃ、オレに、お客様にぃナンテ事をしたンだ。なぁ、モウ忘れタか？　なぁ、コノ単細胞《たんさいぼう》がぁ、アメーバーにモ負けルなァ、お前ノ脳みソノぉ、柔《やわ》らカさハぁ」

なにより聞こえなかった。榊原を頼って電話をかけたはずの彼女は何も言わない。小堀の声にも、榊原の呼びかけにも、『ＢＲＡＩＮ　ＣＨＡＴ』にも、まるで反応を示さない。ただ浅い呼吸がヘッドセットから微かに伝わってくるだけだ。

手遅れだと悟《さと》った。今の呉道の状態では打つ手などない。榊原にできるのは、小堀が気まぐれで呉道を見逃すよう祈るのみだ。だが、それすら甘い希望で、通話は切れる事なく一時間にわたって自分本位な叱責《しっせき》が続いた。その悪意と憎悪は次第に泥《どろ》まみれの殺気を孕《はら》んでいく。

不快で、陰湿《いんしつ》で、おぞましい声が、ただ、ただ、ただ響いていた。

「ダンゴムシかぁ、お前ぇぇえ、お前はぁダンゴムシだぁ。そうだろぉ？　なぁ、黙ってテ、なぁ、たぁだぁ黙ってテ、丸まってテぇ、うずクまってテぇ、虫けらのように思考モ忘れテぇ、下等生物がぁ。人間ノ邪魔ぁ、すレばぁ、踏みつぶさレル、当タリ前ダ、当然、必然ダぁぁぁ、なぁ、そうだロぉ、そうに決まっていルぅ、そんナコトも知ラなかったカぁ？　ゴミ虫メがぁっ！」

吐き気を催《もよお》すこの声が聞こえなくなる時、彼女は廃人《はいじん》同然だろう。逃げ場のない行き止まりで、延々と責め続けられれば狂わない人間などいない。榊原の母がそうだったように。呉道もまた——ただ見ているしかないのだろうか。少しずつ彼女が壊れていくのを待つ事しかできないのだろうか。その通りだ、とあっさり結論づけた自分自身に疑問が浮かんだ。

母が死んだ時、榊原は自分を責めた。なぜもっと早く帰らなかったのかと。だが、帰っていたら何かできたのだろうか。同じだったのではないか。現に今こうして一言も発《はっ》さず、ただ耳を傾《かたむ》けているように。

本当は怖かったのではないだろうか？　恐ろしくてたまらなかったのではないか？

ＩＰＢＣに、父に、どうしようもなく恐怖していたのではないか？

父からの電話がかかってくる事ぐらい簡単に想像できていた。なのに、時間が許す限りバイトを入れたのはなぜだ？

もしかして自分は電話に出なくていい事に安堵してはいなかったか？

母のためと言い訳をして、様々な言い訳を並べて、本当はIPBCに、父の影に怯えていたのではないか？

ならば、母を殺したのは自分ではないのか？　弱い自分が殺したのではないか？

歯ががちがちと音を鳴らす。胃が痙攣《けいれん》して胃液が逆流しそうになる。

母の亡骸《なきがら》の傍らで確かに感じたはずの悲しみと憎悪が、数多《あまた》の疑念に塗りつぶされていく。

本当は、許せないのは、許されないのは、自分自身なのではないか？

無意識に声を上げた。悲鳴のように。

「小堀様、お電話代わりました。わたくし、エマージェンシーカスタマーセンターSV榊原常光と申します！」

マイクの音量を最大にして声を張る。その程度で聞こえるはずがない。それでも榊原は小堀を呼び続け、自分の名前を名乗り続けた。

すがるように、IPBCと戦うための肩書きを叫んだ。

怖くて、怖くて、ただ怖くてたまらない。あの時と同じ事を、母が死んだあの瞬間を、あの過ちを、また繰り返すのではないかという恐怖が榊原を襲い、叫ばずにはいられなかった。この声は届きようもない。わかっていながら、やめられなかった。次第に周囲が榊原の異変に気づいた。最初はどうしたのかという疑問、次に大丈夫なのかという心配、そしておかしいのではという奇異の視線へと変わった。川守田がそっと近づき、「誰か、他のSVを呼ぶか？」と耳打ちをした。榊原は何の反応もできなかった。

怖かったのだ。喋り続けていなければ自分を保てなかった。本能が考えるなと訴《うった》えている。榊原は忠実に従った。それは傍目《はため》からも異常な姿で、モニタリングをしていれば大問題と言わざるを得ない対応だった。

川守田が人を呼びに第八フロアを出て行った。来るのは爽華か聡明か。いずれにしても、その時点で榊原の仕事は終わりだろう。恐らくは、最後になるであろうこの仕事は——思考を放棄《ほうき》した頭でぼんやりと結末を予想し、それもいいかと受け入れた。

この苦痛から解放されるのなら、どうなっても構わない。

視界の遠くに爽華の姿が見え、安堵に似た気持ちで目を閉じる。そして、開いた瞬間、端末の画面上にその言葉はあった。

Miyanouchi　お客様は誰ですか？

社内用の『BRAIN　CHAT』に表示された宮ノ内からのメッセージ——その簡単すぎる質問に反射的に返答をした。

Sakakibara　呉道ゆかりだ。

Miyanouchi　そうです。間違えないでください。お客様は小堀真ではありません。

目が覚める思いをした。榊原はずっと小堀真の事を考えていた。IPBCである小堀をいかにして撃退《げきたい》するか、小堀の能力を計り、小堀の性質を観察《かんさつ》し、小堀の弱点を探《さぐ》っていた。だが、榊原が話していたのは呉道だ。考えなければいけなかったのは呉道の方なのだ。それでは最初から上手くいくはずがない。

最後の最後でようやく気づいた。だが、もう遅すぎる。いや、元より荷が重かったのではないか。呉道と向き合うなどという選択肢は思いつきもしなかった。それは榊原がIPBCと同類だからである。憎悪と悪意を効率的《こうりつてき》にぶつける以外は決してできない。彼は、小堀と二人で呉道を追い詰めてしまった。こうなる事はIPBC以外と話そうとした時点で、すでに決まっていたのだ。

最後に、最後ぐらいは——せめて誠実であろうとキーボードを叩いた。

Sakakibara　俺のミスだ。弁解しようがない。

口先だけではなく全面的に過ちを認める。幼い頃、それが退《ひ》き際《ぎわ》だと習い、今まで絶対に認めはしなかった。逃げたくなかったのだ。だが、間違いを認めなくともどの道これ以上先には進めない。だから退き際というのか。教えられた言葉が嘘ではないのだと悟った。なのに——

Miyanouchi　気づいたなら直せるじゃないですか。ここからだと思って頑張ってください。

宮ノ内は間違いを認めてからが始まりだと言う。だが、今更どうすればいいのか？呉道は一言も喋る事ができない状態なのだ。

Sakakibara　なにか、いい方法があるのか？

Miyanouchi　わかりません。でも、諦めるわけにはいかないじゃないですか。まだ、お客様とは電話がつながっているんですから。

そういえば、初めて話した時もそうだった。

真夜中《まよなか》、電話をかけてきた宮ノ内はまだ新人だった。自分のミスから起こったクレーム、長時間にわたっていた対応、疲弊しきった声、どれだけ失言を繰り返したか想像に難《かた》くはない。上司がいつの間にかいなくなっていたと説明した彼女は、それでも最後まで代わって欲しいとは口にしなかった。終わりなど見えなかっただろうに。

それは榊原にはない強さだ。彼は勝てる勝負しかしなかった。そう教えられたからである。今まで逃げずに来られたのは、単純に勝てる相手しかいなかっただけだ。現に父からは逃げたのだ。そして母が犠牲《ぎせい》になった。

全身が小刻《こきざ》みに震えていた。真っ暗闇の中を全力疾走《しっそう》する不安が襲う。怖くてたまらない、こんなにも自分は弱かったのか。深く深く息を吸う。恐怖にすくんだ背中を、ある言葉が後押しする。

『諦めるわけにはいかないじゃないですか』

ほんの僅か力が宿《やど》る。そうだ、ずっとずっと諦めていたのだ。あまりにも遠く決して届かない願い――誰かと同じように笑い、誰かと同じように泣く。誰かと同じように喜び、誰かと同じように怒る。当たり前に誰かを傷つけないように。当たり前に誰かの気持ちがわかるように。普通になりたい、普通でいたい。だが、普通になんかなれるわけがない、と。

「呉道様」

恐る恐る名を呼んだ。返事はない。聞こえるのは先程から続く小堀の雑言《ぞうごん》だ。

「呉道様、わたくしの声が聞こえますか？」

その声は怒声に飲まれて消えた。

「謝レ、餓鬼《がき》ぃ。お前ノ、不始末《ふしまつ》をぉ、非礼ぃヲぉ、無能ぅヲぉ、愚鈍《ぐどん》をぅぉ、ワびろぉ。地ベタに額《ひたい》をコすりつけテぇ、泥にまみれテぇ、三つ指ついテぇ、俺を敬《うやま》いぃい、ソシテぇ、謝レぇぇぇぇ。生まれてきたコトをナぁぁぁぁぁ」

正しい回答はいくらでも思いつく。ＩＰＢＣを倒すための言葉なら息よりも先に口にできる。だが、それでは勝てない。勝てなかった。榊原が話しているのはＩＰＢＣではなく、呉道なのだ。ＩＰＢＣを倒すための言葉はただ彼女を追い詰めるだけだ。

榊原は声を出す事を初めて逡巡《しゅんじゅん》した。彼はＩＰＢＣだ。他人を傷つける以外の言葉を持ってはいない。どれだけ上辺《うわべ》を取《と》り繕《つくろ》おうと自然と相手の心を踏みにじってしまう。

それは深い、深い、心の底にまで達《たっ》する闇。拭《ぬぐ》っても拭っても拭いきれない父の呪い。母が殺されたあの日、榊原は父親を恨んだ。父親を恨み、世界を呪った。こんなにも狂った世界を。こんなにも歪んだ社会を。許せるわけがなかった。

その日、初めて榊原はＩＰＢＣになったのだ。悪意をもって悪意を制《せい》す、憎悪をもって憎悪を壊す。ＩＰＢＣと電話越《ご》しに対峙《たいじ》する時、榊原はより多くのものを恨んだ。相手を、父親を、社会を、世界を、何もかもを呪い、恨み、憎悪した。

それだけがＩＰＢＣを倒す方法であり、父親に近づく手段だった。そうして、人がどれだけ矛盾しているかを知ったのだ。恨んで恨んで恨み続ける事で、父親の気持ちが理解できるようになってしまった。そんな自分自身をまた恨んだ。

そして気づいたのだ。自分が恨んでいるその相手も、また自分自身を恨んでいるという事に。榊原が待っているように、榊原の父親も待っているのだ。榊原と相まみえるだろうその日を。榊原の父親は自らの破滅《はめつ》を望んでいる。そんな気がしてならない。そのために榊原を育て、そのために母を殺したのだ。

恨みも、憎しみも、父親の手のひらの上にあったのだと知り、吐き気がした。榊原は更に強く父親を恨み、憎んで、ある復讐を誓った。だが、恨めば恨むほど、憎めば憎むほどに、その復讐は果たせないのだと気づく。滑稽《こっけい》な願い、空《むな》しい夢だった。

だから恨んだ。恨んで恨んで恨み続けた。そうする事しかできなかった。取り憑《つ》かれたように、ただ恨む。それが愛情を失った榊原の、ＩＰＢＣの、彼等《かれら》の、歪んでしまった愛の形だ。

互いに破滅を望みながら、いつか会う日を待っている。約束もなく、確かめたわけでもない。だが、よくわかる。自分と同じ人間が何を考えているかぐらいは。それしか、わからない。だから、呉道の苦しみなど榊原にわかるはずもない。

『それなら、明日から変わればいいじゃないですかっ』

聞き流したはずの宮ノ内の言葉が耳の奥でガンと響く。

『お客様の目線で見て、お客様の立場に立って、お客様の気持ちになって考えられるようになればいいだけです』

彼女が榊原に憧れていたように、榊原も彼女に憧れていた。普通の人生を歩む彼女の、強さと気高さと、眩《まぶ》しさに——だから、呪いをかけたのだ。

『顧客ならばなにを言っても許されると思っている馬鹿は死ねばいいのです』

心の奥底にこびりついて、何度でも思い出すような、黒く歪んだ思いを込めて。なのに、呪いをかけられたはずの彼女は以前にも増して眩しいほど真っ直ぐ生きてきた。

できるだろうか？　そんな生き方が。ＩＰＢＣである自分にも。

『できなかった時の言い訳なんて考えないでくださいっ。わたしは、変わりたいのか、変わりたくないのか、それだけを聞いているんですっ。どっちなんですか？』

変わりたい。

こんな逃げてばかりの自分は、ずっとずっと、大嫌いだ。

「謝る必要はございません」

予測もつかない言葉を放つのは何年ぶりか。

「小堀様の仰っていることは明らかに越権《えっけん》でございます。不始末はございました。非礼もございました。ですが、呉道様は無能でも愚鈍でもございません。まして、餓鬼という言葉はただの侮辱《ぶじょく》でございます」

視界の端《はし》に人影がよぎったのが映った。爽華である。彼女は榊原の真後ろに立った。一言でも失言を発すれば即座《そくざ》にストップがかかるだろう。その上、今の榊原の対応は状況を把握している人間が聞いても度肝《どぎも》を抜かれる危険なものだ。だが構わない。周囲の雑音は全て無視し、榊原の意識は一点に集中していく。呉道の気持ちになって考える事に。

「顧客だったらなにを言ってもいいと思っている馬鹿は死ねばいいのです」

以前とは違う意味を込めてその言葉を口にする。

「ドぉうしぃタぁ、口がナいのカぁ？　本当にぃ、屑ぅダぁナぁ、お前ハぁ。ゴミ屑だぁ。消えた方ぅがぁ世の中のたメだぁ。ゴミィが減るぅ。お前ノ親、わザわザぁゴミを産んダのかぁ」

「屑はあなたの方でございます。そのような誹謗中傷《ひぼうちゅうしょう》がまかり通るこの世の中がおかしいのでございます」

「仕方ぁぁないカぁ。馬鹿ダかラなぁ。娘ガ馬鹿なラぁ、親モ馬鹿ダぁ。大馬鹿家族だぁ。傑作だナぁ。迷惑ヲかけてバかりノぉぉ、馬鹿親メぇがぁぁ。のタれ死んデ当然だナぁおいぃぃ」

「馬鹿はあなたの方でございます。他人の気持ちも理解できないあなたが馬鹿なのです—」

「お前の親ぁ、低能ナ保険会社に騙されてぇぇ、無駄死にダったんだろうガぁぁぁ」

「無駄死にではございません。呉道様のお父様は精一杯、真面目に生きたのです。どれだけ追いつめられようとも、誰も恨みもせずに、真っ直ぐ生きたのでございます。その尊《とうと》い生き方が、彼の娘に伝わっていることをわたくしは存じております」

榊原が言っているのは呉道の姉の話だ。だが、ＱＡチームが聞いたとしても呉道の事だとしか思わないだろう。こんな曖昧《あいまい》な言い方しかできない。伝わるかもわからない。

「彼女もまた真っ直ぐでございました。どれだけ理不尽な目に遭《あ》おうとも、決して誰かを恨むことはございませんでした」

彼女はただ必死だっただけだ。それが昔はわからなかった。何もかもを憎んでいた榊原には、全てが自分を憎んでいるように見えた。だから、間違えたのだ。

「馬鹿ニハ当然の報いダぁナぁ。シんでヨかったなぁ」

そんな事は決してない。報いを受けるべきは呉道の父親ではなかった。

「当然の報いを受けるべきなのはその保険会社の担当者でございます。その担当者こそ死ねばよかったのです。憎悪と悪意しか生み出せない人間は、残らずこの世から消え去ればいいのです。この世の誰も、彼らを必要としてはおりません」

「万歳《ばんざい》だぁ、ばんざぁぁい。ザまあみろぉ。ぶアぁぁンザぁぁぁぁイっ！」

泥まみれの声が、まるで大切にしまった宝物を汚《よご》していくようだ。神経が逆撫《さかな》でされ、腑《はらわた》が煮《に》えくり返る。吐き気を吹き飛ばす冷たい感情が体の奥底から染《し》み出してくる。思わず吐き出しそうになった憎悪を必死に飲み込んだ。

この声は届かない。憎悪も悪意も逆効果だ。結局、勝敗は決しているのだ。どうあがいたところで、ただ待っているのと同じではないか。諦めかけた榊原の目にその言葉が映る。

Miyanouchi　お客様は誰ですか？

違う。同じではない。この声は届く。榊原が話しているのはＩＰＢＣではない。ＩＰＢＣではないのだ。ならば、まだかける言葉があるだろう。

「彼の言葉はただの八つ当たりでございます」

思っても見ないほど穏やかな心境だった。

「自らの境遇《きょうぐう》に抗《あらが》おうともせず行き場のない憎しみをただぶつけ、狂気に任せてはひたすら喚《わめ》き散《ち》らしているだけでございます。無様《ぶざま》で、醜く、矮小《わいしょう》な、それだけの人間です。呉道様のお父様の足下にも及びません」

自分はただそれだけの人間だった。今もまだ。

「ですから、どうか」

誠心誠意、頼んだ。

心の底から。

「どうかそのようなちっぽけな人間に負けないでくださいませ」

自分のような人間には負けないで欲しいと。

当然のごとく返事はない。小堀の耳障《みみざわ》りな声がBGMのように流れている。不意にそれが遠ざかったと思うと、微かに聞こえていた浅い呼吸音が強い意志を持った。

「……しい」

耳をすます。足りない部分は心をすました。

「……くや……しい」

確かに聞こえた。

「悔しい。ねぇ、お願い……お願いします、榊原さん。力を貸して。負けたくない。こんな奴に死んでも負けたくない。こんな奴、絶対に許せないっ」

戦うべきではない。今の呉道の状態ではリスクが大きすぎる。だが、このまま黙ってやりすごすのがもっとも賢《かしこ》い方法だという理屈を、一つの問いが吹き飛ばした。

もしも自分を守った母の死を無駄死にと罵《ののし》られたなら？

決して許しはしない。死んでも負けたくはない。黙ってやりすごす事などありうるわけがない。その気持ちが——痛いほどによくわかる。

「かしこまりました、呉道様」

呉道が『ＢＲＡＩＮ　ＣＨＡＴ』にログインしたのと同時にキーボードを叩いた。

Sakakibara　指示を出します。お電話を三者通話の状態にしてくださいませ。

Kuremichi　わかりました。

小堀の声が近づいてくる。

「喜ぉべぇ、本当はぁ、嬉しいんだロぉ？　親ぁ、ウルさかっただロぉ？　セイセイしたロぉ？　ゴミが減レばぁ、綺麗にナるかラなぁ。綺麗ナノが好キだろぉ？　喜べヨぉ。万歳ダぁ。ばんざァァァァい」

「小堀様はご両親が嫌いなのですか？」

榊原の打ち込んだ指示を理解して呉道は切り込んだ。

「……なンだぁぁ、ヤぁっと喋ったカぁ、五時間ぶリだナぁ。まぁだぁ喋レルならぁ、やるコトがあるだろウがぁぁっ！」

張り上げた怒号は明らかな動揺の証《あかし》である。榊原はすかさず仕切り直した。

「仰る通りでございます。前回のお話の続きですが、まずは録音をお聞かせするために担当の者より折り返し連絡いたします」

　前回同様、いかにごねようと終着点は見えている。結論に辿りつくまで間違いなく呉道は保たないという事だ。そして、呉道を追い詰める事が榊原に対してもっとも効果的な手段だという事も小堀真は理解しているだろう。

　後、数分もＩＰＢＣとの対応を続ければたとえ勝利したとしても呉道の心は確実に壊れる。榊原はなりふり構わず早急に対応を取り次がなければならないのだ。無茶でも無謀でも、策を施す猶予《ゆうよ》がなくても。何のひねりもなく真っ向から直球を投げる事が唯一、彼女を救う可能性を備えた選択肢だった。

　ならばその状況と心理を読み尽くしているＩＰＢＣにとってもっとも有効な一手はなにか？　答えは簡単だ。取り次ぐ芽を完全に摘《つ》み取る。最悪な事にそれだけならＩＰＢＣでなくとも容易い。その致命的な一言が不気味な声でもって囁かれる。

「事故のコトはぁぁモウいい。惨メなァオマエに免ジテ許シテやるゥゥ」

　小堀が引いた分だけ榊原は詰めよる。

「それでは再生紙の件で担当へお取り次ぎをさせていただきます」

「ソレモぉぉぉ、モウいい。オレがァァ言いたいのは欠陥品をオマエがァ売ッタことだけダ！」

　それで完全に詰みだ。榊原が会社の代表である限り最後の一歩はどうあがいても届かない。

榊原が爽華から得た回収商品のクレーム対応を行う許可は、榊原自身がMTオフィスの苦情対応部門として小堀の対応中に、回収商品のクレームを申告された場合のみという条件つきだ。元はといえば、その許可さえ榊原が呉道を挑発する事でわざと失態を犯し、許可せざるを得ない状況を作りあげたからこそ成り立っている。本来、MTデジタルの回収商品のクレーム対応をエマージェンシーカスタマーセンターで引き受けるのはまったくの筋違いなのだ。

MTデジタルの回収商品の件を榊原が対応するには、まず先にMTオフィスの再生紙の件で対応を行わなければならない。つまり、小堀が再生紙の件を不問にすると言ってきた以上、榊原が小堀の対応を行う選択肢は業務上どこにも存在しないのだ。

どういうわけか小堀真にはこちらの内情が筒抜けだ。最初に折り返しを拒否し直接電話をかけてきた事も、三者通話を見抜いた事も、初めから知っていたとしか思えない。榊原の手の内を全て見抜いているから常に無駄のない最適な一手を選択できる。

今回の要求も、榊原を追い詰めるための最も効率的かつ効果的な方法だ。もはや、彼にできるのは呉道が限界を迎えるのをただ待つのみ、事実上この一言で勝敗は決したのだ。

──そう小堀が思ったなら完全に詰んだ。

「かしこまりました」

ありえないはずの言葉が電話口の向こうに響く。

「プラズマテレビＤＳ８４の件に関しましては専用窓口を設けております。担当より折り返しご連絡をいたしますので少々お待ちいただくようお願いいたします」

榊原が会社の代表である限り最後の一歩はどうあがいても届かない。だからこそ、それを届かせるのは極めて単純な理屈だ。

榊原は退職覚悟でその一歩を踏み込んだのである。ここまで言った以上、爽華にも途中で止める事は難しいだろうし、たとえ止められても関係ない。小堀の電話番号は暗記した。その場合、すぐに会社を出て携帯電話からでも電話すればいいのだ。

ＩＰＢＣに屈するぐらいならば、なにより彼女の心を守れるのならば会社の代表など辞めてやる。それが呉道の家族をバラバラに引き裂いたせめてもの償《つぐな》いだと確かに信じて──

「ここまではお客様相談室担当呉道がご案内いたしました」

「──マ、待てエエぇエぇエぇエッツッツッ！」

絶叫するように小堀が引き止める。

「はい。なにかご不明な点がございますか?」

不思議な感覚だった。電話の向こう側にいる呉道の気持ちが榊原に乗り移る。榊原の気持ちが電話の向こう側へと伝わっていく。

「オレはァ――」

声が途切れる。いや、榊原に聞こえないよう声量を調節したのだろう。ヘッドセットからは小堀の声が完全に遠ざかった。だが、今更だ。小堀真は榊原を見くびりすぎた。

Kuremichi　そんな

呉道が打ち込んだ小堀の台詞の断片。最後まで入力されるのを待っていては返答がどうしたって遅れるだろう。その隙を小堀がつこうと思っているならば甘すぎる。

Sakakibara　そんなことはない、というのはどういう意味でしょうか?

Kuremichi　バカが、それぐらい

Sakakibara　いいえ、確かに小堀様はそうおっしゃいました。

榊原は今までの小堀の言動、性質から、電話越しの呼吸と吐息《とい き》から、キーボードを打つリズムから、断片だけ表示される『BRAIN　CHAT』の文字を頼りに、相手が喋るよりも早く、その全容《ぜんよう》を完全に予測した。

まさに離《はな》れ技《わざ》。これこそエマージェンシーカスタマーセンター第八フロアSV榊原常光の超ヒアリングスキル、《苦情予報《くじようよほう》》。幼少の頃よりクレームを言う側、言われる側、双方の経験を積み、数々のIPBC対応にて培《つちか》った榊原のヒアリング力は、顧客の苦情を天気予報並の精度《せいど》で予測するのだ。

予報確率が一〇〇パーセントに達する時、榊原は対応終了時間まで誤差コンマ五秒の範囲で予想できる。今まで使えなかったのは三者通話による弊害《へいがい》だが、今の榊原には問題ではなかった。

重なりあった気持ちが小堀の言葉を教えてくれる。耳をすませば、呉道がいるトライ電機の風景さえ見えるようだ。榊原は、今、文字通り、お客様の目線でものを見ているのだ。

「ばぁぁぁあかイぇぇぇぇッ。ダぁレがテレビの話をしたァ？　オマエのキオクがアテになるかァ！　証拠をダセ、証拠を、証拠だ証拠！　証拠がアルならキかせてミロおぉおぉ！」

そうだ、こんなにも弱い。ＩＰＢＣは自分と同じだ。予想だにしない出来事にこんなにも脆《もろ》く容易く墓穴を掘る。

「かしこまりました。録音の聴取をご希望ということでございますね。それでは以前説明した通りに担当のエマージェンシーカスタマーセンターより折り返しご連絡をいたします」

「……お前ハぁ、お前ごトきがぁ、そのタイドはなンだぁ、上から見下ろしテぇえ、何様《なにさま》のつもりだぁぁっ」

小堀真にはもう以前の迫力はなくただ何かから必死に逃走するために罵声を飛ばしているように感じられた。もしかしたら、小堀も、いやＩＰＢＣは皆そうなのかもしれない。どこかで、何かを、ほんの一歩だけ踏み外した。たったそれだけの違いしかないのかもしれない。当たり前の人間と狂ってしまったＩＰＢＣとは紙一重なのかもしれない。

だからこそ引導を渡そう。お客様という立場でしかコミュニケーションの取れなくなってしまったＩＰＢＣに真実を教えよう。それが、こちら側にいる榊原が唯一同類にしてやれる事だ。

「俺ガ、お客サマがぁ、嘘ヲついたト、嘘つキだトぉ、言ウのか？　俺ヲ、コノ俺をぉ、オ客様をぉおぅ、犯罪者扱いする気カぁ？　ふざけルなァよぉ！　お客サマは、なンだァ？　言ってテみろォォ。わかるだろうガぁぁ、ジョぉぉぉぉシキのコトバだぁァ。あぁ？　基礎の基礎だろうガよォっ！　自分ノ立場ヲ思イだせェ！　言エ、言エッ、言エぇエぇエぇエぇッッ！」

「かしこまりました。それでは、申し上げます」

間違えてしまったＩＰＢＣに、間違いに気づいたＩＰＢＣより。

誠心誠意、伝えよう――

「お、お客様は神様では、ご、ござ、い、いません、ん。時には間違えることもございましょう」

小堀真が絶句《ぜっく》した隙を逃さず言葉を挟んだ。

「それではご連絡をお待ちくださいませ」

「いい……」

完全に意気消沈した声で小堀が呟く。

「いい、というのはどういう意味でしょうか？」

「もうドウデモいい。スきにしろォ」

いつのまにか背後にいた爽華はいなくなっている。問題無しと判断したのだろう。

「かしこまりました。それでは代替品《だいたい》を所定の方法でお送りいたします」

返事もなく通話が切断される。

ツーツーという音が勝利の余韻《よいん》を鳴らしていた。

「意外と、最後はあっけないわね」

つまらなそうに言ったわりに呉道の声は弾《はず》んでいる。

「左様でございますね」

「でも、どうせまた懲りずにかけてくるわ」

榊原の目が怪《あや》しく光る。

「そのときはご一報くださいませ。小堀様とは何度でもお付き合い差し上げましょう。もう二度とお電話をかけなくてもよろしいように」

「怖いわよ。あんたの方がよっぽど性質《たち》悪いんじゃない？」

「滅相《めっそう》もないことでございます」

「どうだか。あ、助かったけど、これで許したと思ったら大間違いだわ」

わかっている。犯した罪は償えない。一生、許される事はないだろう。

「……肝《きも》に銘《めい》じておきます」

「うそ。許す」

言葉に詰まるのは何年ぶりか。呉道のけたけたとした笑い声が電話の向こうから聞こえていた。今日は久《ひさ》しく忘れていた事ばかりだ。

「なんか、あんたの動揺したところ見るのって、最っ高に気持ちいいわ。くせになりそう」

「心臓が止まる思いでございました」

「そ？　でも、仕方ないわよね。あんたは仕事だった。恨むのは筋違いかもって？　色々、言いすぎた」

「人を恨む権利は誰にでもございます」

呉道は本当に可笑しそうに笑った。

「なにそれ、恨んで欲しいみたい」

「左様でございますね」

「じゃ、恨むわ。恨んで恨んで恨み続けてあげる」

「何卒《なにとぞ》ご容赦《ようしゃ》くださいませ」

「だーめ」

からかうように彼女は言って、会話が途切れる。

「……ね、なにかお礼するわ。絶対お礼する」

「お気持ちだけで十分でございます」

「ふーん。あっ」

「いかがなさいました？」

「明日、父の命日なのよね。お供《そな》え物持ってお墓《はか》行かなきゃ。なにがいいと思う？」

「お父様が好きだった食べ物などいかがですか」

「沢山あるのよ。アイスクリーム、プディング、ババロア、クッキー、一〇種類ぐらい」

「一番お好きな物でよろしいのではないでしょうか？」

「だめだめ。お父さん、あたしと同じで気まぐれなのよ。たまに好きな物の順番変わるわ。お父さんに会いたいと思ったら、一位から一〇位まで全部持ってかなきゃだめなの。わかった？」

「承知いたしました」

「本当に？」

「勿論でございます」

「そう。じゃ、またなにかあったら……ないか。もう話すことはないかな？」

「その方がお互いのためかとは存じます」

トライ電機とはアウトソーシング契約がない。また話すような事があれば、それは呉道が依頼主《クライアント》ではなく顧客の場合だろう。そしてエマージェンシーカスタマーセンターはクレーム対応専門のセンターである。

「根に持ってるでしょ？」

「とんでもないことでございます」

「いいけど。それじゃ、SVさんの素晴らしい対応に感激しました」

「恐れ入ります。本日はわたくし榊原が担当いたしました。お電話ありがとうございました」

名残惜《なごりお》しむようにクローズした後も電話は切断されない。

無言のまま通話は続き、一分経過《けいか》したところで、小さな声が聞こえた。

「あたしも会いたい」

通話が切れる。

誰に、と言わなかったのは榊原に配慮《はいりよ》してだろう。尋ねなくとも、呉道と榊原が共通して会いたい人間は一人しかいない。もっと言えば、明日は呉道の父の命日ではない。

――沢山あるのよ。アイスクリーム、プディング、ババロア、クッキー、一〇種類ぐらい――

頭文字を一つずつとればIPBCだ。そして、

——お父さんに会いたいと思ったら、一位から一〇位まで全部持ってかなきゃだめなの——

一位から一〇位のIPBC、これは八号ファイルの順位。

——お供え物を持ってお墓行かなきゃ——

墓の場所は知らない。恐らくは、呉道の父が亡くなった現場の事だろう。

つまり、八号ファイルの第一位から第一〇位までの個人情報を持ってそこに行けば、父に会う方法を教える、そういう意味だ。

八号ファイルの中に父の情報があるのか。それともただの交換条件か。お礼という言葉からすれば前者の可能性が高い。

榊原は外したヘッドセットを強く握りしめた。

父に会える——

個人情報の漏洩《ろうえい》は厳罰《げんばつ》に処される。八号ファイルの内容であれば尚更《なおさら》だ。だが、この仕事に未練《みれん》などあっただろうか。何のために今までここで電話を取り続けてきたのか。

ずっと、ずっと、ずっと、自分は待っていたはずだ。

母の仇《かたき》を討《う》つその日を。

「お疲れ様でした、榊原SV。お客様の気持ちになった、とてもいい対応でしたよ」

宮ノ内の声に榊原は振り返り、彼女を直視した。

「……そうか？」

「そうですよ」

確かにお客様と気持ちが通じ合っているように感じていた。だが、そんなものは——

——

「どうしたんです？」

「いや。助かった」

「榊原SVもちゃんと気づいたじゃないですか。お客様は呉道様ですって」

宮ノ内は照れくさそうに答え、「第一フロアに行きますから。失礼します」と会釈する。そんな彼女を榊原は驚いたような顔で見ていた。

「なんですか？」

「……いや。宮ノ内の言ったことは正しいと思った。客は呉道ゆかりだった」

宮ノ内は「んー」と首を傾《かし》げ「変わってますよね、榊原SVって」と笑って背中を向けた。

榊原は『BRAIN』の特別対応顧客管理データベースの中からIPBC個別記録データ、八号ファイルを読み込んだ。


ボンド・ブリッジ。

湖《みずうみ》をまたぐ大橋は全長二〇〇二メートルに達し、その遊歩道《ゆうほどう》の中央には小さな公園がある。区内の夜景スポットになっているそこからはライトアップされた夜の湖と、水面に設置された総数三〇〇以上、高さ一〇〇メートル以上の噴水《ふんすい》ショーが楽しめる。

多くのカップルや家族連れが魔法のような絶景《ぜっけい》に目を奪われ感嘆《かんたん》の声を上げる。その中に喪服《もふく》を纏《まと》い花束を抱えて、故人《こじん》の死を悼《いた》んでいる人間がいる事には誰一人気づきもしない。

長く艶《つや》やかな黒髪、モデルのような長身痩軀《そうく》、そして業火《ごうか》を宿した瞳。彼女は憎悪していた。父が死んだこの場所で、幸せそうに笑っている人間全てが許せなかった。

九年前、建設中だったこの橋から父が落ちてから、ずっとそうだ。

ふと彼女が目線を飛ばす。その方向に雑踏《ざっとう》をかき分け走ってくる青年がいた。背の高いスーツ姿の青年は必死に誰かを捜《さが》している。彼女はそれをずっと観察し続けた。

一時間、二時間、次第に青年は焦燥《しょうそう》に駆《か》られ肩を落とし、深夜零時を回ったところで動く気力をなくし人波に埋《う》もれた。その姿を眺めながら彼女は笑っていた。愉快《ゆかい》で愉快でたまらなかった。

話している間、ずっとずっと彼の心の叫びが聞こえていた。普通になりたい、普通でいたい。だが、普通になんかなれるわけがない。その気持ちが痛いほどによくわかる。だから、その願望を叶《かな》えてやれば必ずここに来ると思っていた。仕事をなくし、目的をなくし、希望さえなくすとは知らずに。おかしくて仕方がない。さあ、ここからどうやって追い詰めるべきか。猛烈《もうれつ》にくびり殺したい衝動《しょうどう》に駆られる。

恨んで恨まれて、憎んで憎まれて、殺したいけど殺せなくて、そうして二人どこまでも、どうしようもないぐらいに墜ちていけたらきっと何も怖いものなんてなくなる。それから、約束通り二人であの人に会いに行こう。様々な妄想《もうそう》が目まぐるしく脳裏をよぎっては消えて――声が聞こえた。

「雨雲は水を注ぎ。雲は声を上げた」

喧噪が絶えぬ中、はっきりと通る聞き覚えのある声。

「あなたの矢は飛び交い。あなたの雷鳴は車のとどろきのよう」

飽きるほど電話越しに聞いた冷たすぎるこの声は、視界に映る青年から発せられたものではなかった。一体、どこから？

「稲妻は世界を照らし出し。地はおののき、震えた」

声を辿って行き着いた先には、白い花束が供えられていた。父が足をすべらせた場所だ。

花束の中には携帯電話があった。声はそこから聞こえている。アラーム機能だった。携帯電話を操作しアドレス帳を見る。登録は一件のみ。よく知っている番号だ。

彼女は迷わずその番号へとダイヤルした。

すぐに相手につながった。

「お電話ありがとうございます。エマージェンシーカスタマーセンター担当榊原でございます。本日はどのようなご用件でしょうか、小堀真様」

彼女は一瞬言葉を失う。

「……どうしてわかったの」

「この電話番号にかけてくるのは現在小堀様しかいらっしゃいません」

彼女が電話をかけてくるように花束に携帯電話を仕込んだあげく、ご丁寧に電話番号まで登録しておいて、まだ白々しい言葉を口にするのか。あくまでこっちから白状させようなんて本当に意地の悪い奴だ。

「いつ、トライ電機の呉道と小堀真が同一人物だと気づいたの？」

「最初に疑問を覚えたのは呉道様のお父様が亡くなっていることに小堀様がお気づきになったときでございます。何度思い返しても呉道様の謝罪には不自然な点がございませんでした。にもかかわらず小堀様が見抜けたのは、わたくしよりも読心術に長《た》けているかあるいは――」

「初めから知っていたか？」

「左様でございます」

「つまり、その時点ではまだわからなかったってことよね？」

「はい。次に違和感を覚えたのは呉道様とわたくしとの通話が切れてしまったときでございます」

正確には榊原が呼制御サーバを操作して通信を強制的に切断した時だ。

「あの絶好の機会に呉道様との通話を自ら切るという選択肢はやはり合理的ではございません。考えられる理由は二つ。一つは小堀様がわたくしの対応方針を予測し先手を打った。もう一つは、小堀様には呉道様に手加減せざるを得ないなにかしらの理由があった、ということです」

両方正解である。通信回線に責任をなすりつけられるのを回避するためには、何事もなく通話を終えるのが一番だった。そうする事で榊原の動揺を誘う事もできた。

また、小堀真はどうあっても呉道ゆかりの精神を壊す事はできない。同一人物なのだから。

「三度目はエマージェンシーカスタマーセンターへ取り次ぐ寸前に、呉道様がパニックを起こしたときでございます。限界を迎えるはずがなかったのに、すでに限界を超えていた、その時点で気づくべきでございました」

気づけなかったのは呉道へ精神的苦痛を与える事が同時に榊原への攻撃につながっていたからだろう。どんな揺さぶりも通じないはずの彼に、それが唯一効果的な手段だった。

「また大きな疑問として、最後、小堀様が取り次ぎに応じなかったということがございます。エマージェンシーカスタマーセンターに取り次がれたからといって決してお客様に不利益があるわけではございませんし、小堀様でしたら取り次ぎまでに二つ、三つほどのアドバンテージを確保してわたくしとの対応に入ることが可能でございました」

「あなたは絶対に折れないと思ったからかもしれないじゃない？」

「勿論、その可能性もございます。先にあげた疑問もすべて確証があったわけではございません。まったく逆に考えることもできましたし、どちらかといえばわたくしは後者寄りの考えでございました。本当にお客様に気持ちが通じたと信じ、だからこそ完璧に対応を終えることができたのだと思っておりました」

そうだ。少なくとも通話中は騙しきっていたはずだ。榊原の心理を完璧に読み切り、精神的に追い詰め、罠《わな》にはめたはずだった。それなのに――なぜ？

「それが最後の最後に呉道様が犯してしまった致命的なミスでございます」

「……わかんないわ。どういう意味？」

「負けたくない――と。死んでも負けたくない、絶対に許せない、とそう仰った呉道様の気持ちがわたくしには痛いほどよくわかりました。あの状況で、あそこまで精神的に追い詰められていて、それでもまだ相手への憎悪を忘れられない、そんなどうしようもない感情を理解できるのは当センターにはわたくししかいないでしょう」

ＩＰＢＣである榊原にしかわからない。だから、彼は呉道ゆかりがＩＰＢＣだと確信した。それで全てがつながったのだろう。だとすれば――

「あなたは本当にどうしようもないわ」

「わたくしも、そう思っております」

さすがはあの人の育てた子供――榊原は呉道ゆかりを信用しなかったのではない。

彼は自分自身を信用できなかったのだ。

誰もが夢を見る。ＩＰＢＣでさえ普通に生きられればと思いを馳《は》せる。だからこそ、彼はここに来るしかなかったはずなのだ。たとえ、呉道ゆかりを信用できなかったとしても、ほんの僅かな可能性が残っているのならそれに賭《か》けなければならなかった。なぜなら、榊原が普通の顧客の——少なくとも普通の顧客として電話をかけてきた呉道ゆかりの気持ちを理解したのは、初めての経験だったはずだからだ。その時、彼は希望を抱いただろう。もしかしたら、普通に生きられるのかもしれないと。顧客の気持ちを理解し、顧客の立場に立って考えられる当たり前の人間になれるかもしれないという希望が彼の目を眩《くら》ませると思った。

呉道ゆかりがＩＰＢＣである可能性は高いかもしれない。だが、普通の顧客である可能性もゼロではない。それだけで十分なはずだった。呉道が普通の顧客ならば、榊原は普通の顧客の気持ちを理解した事になる。どんなに可能性が低くとも、その夢のような事実を自ら捨て去る事などできるわけがないと思っていた。榊原は、九九パーセントの絶望と一パーセントの希望を抱いてここに現れるはずだったのだ。心の奥底に眠る譲れない一歩がゆえに。

だが、彼は現れなかった。彼の物差しは完全に自分が中心だった。なによりも自分がIPBCである事が前提で、それは微塵も揺るぎはしなかった。だから、榊原が呉道の気持ちを理解した時点で、彼にとってはもはや呉道ゆかりはIPBCだったのだ。

彼は向こう側にいる人間で、きっと戻りたいのだと思っていた。だから、見破られる可能性があるのは承知の上でリスクを冒した。それが、そもそもの間違いだった。確かに戻りたいとは思っていただろう。問題は、榊原が本当の意味でIPBCだったという事だ。

彼は、譲れないはずの一歩を自ら譲るほど非人間的で、あるはずの希望を無視するほど異常で、そして、決して思い通りにならないぐらいに悪質だった。

いや、それも本当の意味での正解ではないか。本当はもっと単純でもっと簡単、結局どれだけ上手く演技をしたつもりでも、どれだけ上辺を取り繕ったとしても呉道ゆかりは榊原常光と同じだ。決して普通の人間の気持ちを理解できない。だから、見抜かれた。それだけの話だ。

「他にご不明な点はございますか？」

彼女は「そうね」と考える素振《そぶ》りを見せて、

「いいわ。あたしも、本当はちょっとだけ嬉しかった。初めてあたしの気持ちになって話してくれる人がいたから」

真っ黒な感情に、僅かだけの真心を込めた最後の牙。少しでも油断《ゆだん》や隙を見せれば、すぐに食らいつく。

「本日はエマージェンシーカスタマーセンターSV榊原常光が承りました」

一分《いちぶ》の隙もないその響き。諦めて「失礼します」の定型句を待っていると、

「また、何かお困りのことがございましたら、是非わたくしをご指名くださいませ。どこまでもお付き合いいたします」

彼女の肩が上下する。榊原はわざと隙を見せてまで、壊すなら自分を壊せと明言したのだ。

「気に入ったわ、あなた」

「恐縮でございます」

「あなたはきっと、あたしを憎むわ。憎くて憎くて憎くて、絶対に離れられなくなったところでゴミ屑みたいに捨ててあげる」

くっふふふふ、と不気味な声。初めて聞いた榊原の笑い声は、大嫌いな雪よりもなお冷たく、空虚《くうきょ》な気持ちにさせる。

「お客様は冗談がお上手でいらっしゃいますね」

「そんなに褒めないでくれる？　電話、切りたくても切れなくなっちゃうわ」

「わたくしなど、初めて声をお聞きした時から切りたくても切れません」

乾《かわ》ききった二人の笑声《しょうせい》。三秒後、示し合わせたように唐突な静寂が訪れる。

「またね、常光」

「はい。またのお電話をお待ちしております」

電話を切った後、慣れた仕草ですぐに覚えている適当な番号へかけ直した。今夜の気分は最高だ。運悪く電話に出たオペレーターには悪いが朝まで地獄につき合ってもらう。

噴水が高く高く立ち上る。人々の歓声が大合唱する中、彼女の声だけが狂った音色を奏《かな》でていた。

エピローグ

ワイヤレスヘッドセットを外し、八号ファイルに小堀真の対応履歴を投入していく。吐き気よりも脱力感が僅かに勝る。彼女は紛れもなく強敵だった。絶えず先手をとられ続け、有効な打開策は全て空振り、かつその原因を榊原に悟られないよう終始対応を支配した。宮ノ内がいなければ一人二役に気づきもしなかっただろう。いや、その前の段階できっと恐怖に負けていた。再び対峙したとして勝てるという自信はまったくなかった。

「残念だな、榊原。待ち人に会えるまたとないチャンスだったのにな」

声の主は爽華である。振り向かなくとも意地の悪い笑みを浮かべているのは明白だ。

「ＩＰＢＣの言葉を信じるほど愚《おろ》かなことはない」

「もっともな意見だが、もっともすぎて考えが堅《かた》いなぁ。ＩＰＢＣが嘘しかつけないとでも思うか？」

「思わない」

「そうだろう？　彼女の言ったことは多分、本当だぞ。まだまだヒアリングが足りないなぁ」

　くくくく、とさも愉快そうに爽華は笑う。

「なぜわかる？」

「何年電話越しに客の嘘を聞いたと思ってる」

　嘘を見抜く、という事にかけては榊原も自信がある。だが、ＩＰＢＣに対して行うのはこの上なく困難だ。彼らは息をするほど自然に嘘をつくのだ。

「それは凄い」

「あ、信じてないだろ。ひどい奴だなぁ、榊原は。傷ついたぞ」

「たとえ本当でも誘いに乗るつもりはなかった」

「ほぉ、どうしてだ？」

「……大した理由はない」

「そうかそうか、大した理由はないか。そうかぁ」

　細い指がそっと首筋《くびすじ》に伸びてくる。甘い香水の匂《にお》いがして、それから容赦《ようしゃ》なくヘッドロックを決められた。

「そんなに堂々と秘密にされると知りたくなるじゃないかぁ。困った奴だなぁ、榊原は」

なんとか脱出しようと立ち上がる。が、爽華も女性の中では長身の部類に入る。身長を生かして振りほどく事はできなかった。

「上司に隠しごとをしてもいいと思っているのか？　ええ、どうなんだ？」

もがいてももがいても爽華は手を放しそうにない。とりあえずこの場を切り抜けようとそれらしい理由を適当に考えていると、思わぬ助け船が出された。

「チーフ、業務中に悪ふざけがすぎます。自重《じちょう》してください」

「つまらんことを言うな、柏木。真面目な奴だなぁ」

ぼやきつつも榊原を解放した。

「真面目のなにが悪いですか。今後セクハラまがいの行動は慎《つつし》んでください」

「慎んでいるとも。セクハラなんかしていないぞ」

「どの口がそんなことを言うんですか」

「だって、お前。セクハラってのはこういうことだろ」

振り向いた爽華の両手が榊原の顔を固定する。ゆっくりと爽華の顔が近づいてくる。

唇に柔らかい感触を感じた途端、周囲の誰もが固まった気がした。

爽華は自分の唇を舌で舐めると、

「訴えるなよ、榊原。約束だ。それと始末書書いとけ。どんだけやらかしたかはわかってるだろうな？」

と一方的に言って去っていった。

江東がカウンセリング室を閉めようと思ったところで業務を終えたほたるが相談にきた。いつも通りの落ち込んだ暗い表情である。

「で、今日はなに？」

「うん……」

「うん、じゃわかんないでしょ」

「うん……」

相当重傷《じゅうしょう》のようだった。江東は長丁場《ながちょうば》になるのを覚悟して煙草に火をつける。二本目を吸い終えたところで、ようやくほたるが口を開いた。

「……あのね、志緒ってさ」

「はいはい。なあに？」

「……好きじゃない人とキスできる？」

なにを言い出すのかと一瞬思考が止まったが、なんでもないふりをして答える。

「さあ。したことはないけど。どうしたの？」

「キス、してた」

「誰が？」

「榊原、さんが」

「誰と？」

「織田さん」

「え〜と……」

江東は眼鏡を持ち上げて、

「それ、詳しく教えなさい」


宮ノ内の前をエレベーターが通りすぎる。これで三回目だ。そろそろ馬鹿な真似《まね》はやめて帰ろうかと考え直し、次のエレベーターに乗る事に決めた。

頭上のランプが点灯しドアが開く。やはり誰も乗っていない。俯いたままエレベーターの中に入ると、榊原がかけ足でやってくるのが見えた。

慌てて『開』のボタンを押そうとして『閉』を押した。

榊原が扉に挟まれる。

「す、すいません、間違えましたっ」

「間違えるな」

若干よろめきながら榊原がエレベーターに乗り込む。ドアが閉まった。二人きりだ。どうしよう。何を話そう。まったく思いつかない。

「宮ノ内」

「はいっ。なんですか！」

「なぜ押さない？」

「いえ、あの、押します」

宮ノ内は赤くなりながら一階のボタンを押した。

エレベーターが動き出す。宮ノ内はめげずに何を話そうか考えたあげく、結局考えなしに質問した。

「お父さんに会いたかったですか？」

榊原が真顔でこっちを見た。馬鹿な事を聞いた。この前はっきり拒絶されたばっかりなのに。

「いや」

嘘をつかれた、と思った。

「俺には世の中が歪んで見える。聞こえる声も醜い矛盾だけのように感じる」

「はい……？」

「宮ノ内のような当たり前の人間と違って、俺には見えないものが見えず聞こえない声も聞こえないからだ」

「それは、その……」

本当に見えないものが見えるようになったら病気だ、とは言えそうになかった。

「だから、まだ会いたくはなかった」

「まだ？」

「ああ」

「どういう――」

エレベーターのドアが開く。待ち構えていたように、にっこりと微笑む江東が榊原を直視した。

エレベーターから降りると江東が詰め寄ってきた。

「じょーこー君、ちょっといいかな？」

満面の笑みが怒っている時のポーカーフェイスである事を榊原は経験上よく知っている。

「なんだ？」

「君はさ、来る者拒《こば》まずなのかな？」

「意味がわからん」

「いいから、ちょっと来なさい。君には一回聞いておきたいことがあるんだから」

強引《ごういん》に手を引かれ連行される。と今度は逆の手を引かれた。

「すいません、江東先生。今日はわたしが先約なので遠慮していただけますか」

「な〜に？　やっぱり、じょーこー君に気があるんだ」

「なっ。カウンセラーのくせにそういうこと言いますか！」

「今はプライベートだもん」

不敵《ふてき》な笑みを浮かべる江東を、烈火《れっか》のごとく睨みつける宮ノ内。そこへ、

「なんだぁ、両手に華《はな》じゃないか、榊原。楽しそうだなぁ、私も交ぜろ」

明らかにからかい目的の爽華がやってきた。

「志緒、放せ」

「いや。その子が放せばいいんじゃない？」

「なんでわたしが放さなきゃいけないんですか？」

「じょーこー君が困ってるでしょ」

「あなたのせいじゃないですかっ」

「まあ、待て二人とも。そんな話をしていても埒《らち》があかない。はっきりと榊原に決めてもらったらどうだ？」

爽華の爆弾発言で二人の視線が集中する。榊原はいつもの無表情で答えた。

「放した方が本当のお母さんだ」

左右からもの凄《すご》い力で引っ張られた。

「謝罪する。言葉のあやだ」

散々謝ってようやく解放された。

「とりあえず、なんか食べにいこっか。じょーこー君のおごりで」

いつのまにかそういう事になっていた。

「それなら駅前にいい店があるぞ。値段はそれなりだが、味は保証する」

「じゃ、そこにしましょ。爽華さんとも一度話してみたかったし」

「お、私も江東に興味があるぞ」

妙に意気投合して二人は歩き出す。

「こら、じょーこー君、おいてくわよ」

「ああ」

数歩足を踏み出してから、宮ノ内が呆然《ぼうぜん》としているのに気がついた。

「行かないのか？」

「……あ、いえ。行ってもいいんですか？」

「いいだろ」

こぼれた微笑みを隠すようにして宮ノ内がゆっくりと歩いてくる。榊原が動かないままでいたので、彼女は不思議そうに顔を見上げた。

「さっきの、答えだが──」

歯がかたかたと鳴り、声は頼りなかった。

言えそうにない、と思った。

「ちゃんと聞きますよ。なんですか？」

心を見透《みす》かしたような柔らかい声。真っ直ぐに自分を見つめてくる瞳。かつて誓った幼い夢を、もう一度思い出させる。今はもう、叶わないと悟った夢を——その復讐を。

自らの破滅を望むばかりに榊原をこんな風に育てた父親の手のひらの上で、今もまだ彼はもがく事しかできない。母の仇を討とうと憎めば憎むほど、榊原は父親の思惑通りに底なしの沼に沈んでいく。その呪縛から逃れる手段は一つだけだった。ただ、真っ直ぐ、正しく、宮ノ内のように当たり前に生きる事。それこそが唯一父親に届く牙で、復讐の手段だった。だが、今はもう気づいてしまった。

「……俺には、一生理解できない。できるわけがない。客の気持ちはわからない。どれだけ考えてもまったくわからない。なにも……わかるわけが、なかった」

暗い声で榊原は胸の内を告白する。

「そんなこと——」

否定しようとした宮ノ内を遮って彼は続けた。

「だから、ＩＰＢＣの気持ちがわかるはずだ」

ぶっきらぼうに、そっけなく、不器用な声が響く。

「俺は堂々と父の前に立つ。ＩＰＢＣの——」

お世辞にも優しいとは言えないぎこちない笑みを榊原は精一杯作ろうとした。変わりたいのかと問うた宮ノ内へ、変われないと無言で返したあの瞬間をやり直すように。

吐き気を催すその名称を、榊原は言い直す。

「――お客様の立場に立って考えられる当たり前の人間になって」

変われないだろう彼が、それでも見つけた叶わないと諦めていた夢だった。

あとがき

あなたがこれを読んでいる頃《ころ》、私はこの世にいないでしょう。

この使い古されたフレーズをあとがきに書く日がくるとは思いませんでした。

私は若者のご多分にもれず、生まれてからずっと様々な夢に迷いながら日々を過ごしておりましたが、幸運にもこの場に迷いつくことができました。

ふと、とりとめもなく想像《そうぞう》するのは、私が死んだ後も私が綴《つづ》ったこの文字は生き続けるのだということ。生き続け、誰《だれ》かにそっと話しかけるのだということ。あるいは激《はげ》しくまくし立てるのかもしれません。いい加減《かげん》な言葉でお茶を濁《にご》すことだけは避《さ》けたいと思っております。

私が死を悟《さと》ったのは小学校二年生の頃、場所は父の墓前《ぼぜん》でした。父が亡くなったことよりも自分も死ぬのだという事実が恐《おそ》ろしく、ただ声をあげて泣くしかありませんでした。今もまだ死は恐ろしく眼前に存在します。ですが、私が消え去る明日もこの文字達は在《あ》り続けるでしょう。一年後も十年後も恐らく世界のどこかには。どうせなら、早くに命を失う私の代わりに永遠を生きて欲しいと思います。少し欲張りすぎかもしれないので自重《じちょう》して、せめて百年先の未来までは届くようにと願いを込めます。

ですから、私がいなくなったこの世でもあなたがその文字達に再会を求めるなら、また会う機会《きかい》があるかもしれません。ご購入《こうにゅう》くださいましたら続きが出るかと存じますので何卒《なにとぞ》よろしくお願いいたします、という意味ではないことだけはくれぐれもご承知《しょうち》いただければと考えております。

さて、本作について少し触《ふ》れておきます。しかし、行間は大切です。

構想《こうそう》の段階では現代のとあるコールセンターの電話が異世界とつながって、異世界に飛ばされてしまった顧客《こきゃく》からの苦情を受けることになり冒険を電話でサポートするという異世界クレームファンタジーでした。恐らくは画期的《かっきてき》であろう新ジャンルに挑戦《ちょうせん》しようと思ったのですが、書き始めた頃にはすっかり異世界とファンタジーの部分が抜け落ちていました。

また初めて三人称に挑《いど》んだり、「…」（三点リーダー）は二つ続けることを知らなかったり、視点移動の場合は何行改行すればいいのか、改行の間に何か記号を挟んだ方がいいのかと右も左もわからず色々なことに四苦八苦した思い出深い作品です。

いくつかの創作活動を経て、協調性《きょうちょうせい》に乏《とぼ》しく人に頼るのも力を借りるのも苦手な私は、ようやく一人で全てを行えるものに巡《めぐ》り会《あ》えたのだと幸せを感じておりましたが、今回出版にあたって実際一人でできることなどたかがしれているのだということをひしひしと感じております。担当の高林《たかばやし》様のご指摘《してき》で主人公の口調は大きく変化を遂《と》げ、物語の要所である電話対応の内容も見違えるようになりました。またタイトルについてもアドバイスをいただき当初のものとは違っております。どれも以前より良くなったと確信が持てます。また校閲《こうえつ》の方にも、より意図や内容がわかりやすくなるようにアドバイスをいただきました。物語の根幹に関わる重大な誤字を発見いただき、戦慄《せんりつ》が走ったほどです。多くの人の協力がなければ今、この本はこの本ではありえませんでした。一緒に創作に携《たずさ》わったあらゆる方々へ、心の脇腹《わきばら》に抉《えぐ》り込むような感謝《かんしゃ》の念を込めて、本当にありがとうございました。

余談《よだん》になりますが、コンビニや駅のトイレにある『いつも綺麗《きれい》にご利用いただきましてありがとうございます』と書かれた張り紙を見ると、やられた、という気がします。先にお礼を言われるともう汚せないというか、そこまで言うなら綺麗に使ってやってもいいぜ的な衝動《しょうどう》に駆《か》られるのは多分、私だけではないのではないでしょうか。

それでは、皆様にも心の鳩尾《みぞおち》に突き刺さるような深い感謝の念を込めて――

この度は本作をお読みいただき、また次回作が発売された際《さい》にはご購入いただく揺るぎない決意を固めてくださいまして誠《まこと》にありがとうございます。

範乃《はんの》秋晴《しゅうせい》

範乃秋晴 著作リスト

マリシャスクレーム-MALICIOUS CLAIM-（メディアワークス文庫）

メディアワークス文庫

マリシャスクレーム-MALICIOUS CLAIM-

範乃秋晴《はんのしゅうせい》

発行　2010年6月25日　初版発行

発行者　高野　潔
発行所　株式会社アスキー・メディアワークス
〒160-8326　東京都新宿区西新宿4-34-7
電話03-6866-7311（編集）
発売元　株式会社角川グループパブリッシング
〒102-8177　東京都千代田区富士見2-13-3
電話03-3238-8605（営業）
装丁者　渡辺宏一（有限会社ニイナナニイゴオ）
印刷・製本　加藤製版印刷株式会社

Printed in Japan
ISBN978-4-04-868661-7 C0193

アスキー・メディアワークス　http://asciimw.jp/
メディアワークス文庫　http://mwbunko.com/

本書に対するご意見、ご感想をお寄せください。

あて先
〒160-8326　東京都新宿区西新宿4-34-7　株式会社アスキー・メディアワークス
メディアワークス文庫編集部
「範乃秋晴先生」係

発行●アスキー・メディアワークス　か-2-1　ISBN978-4-04-868381-4

発行●アスキー・メディアワークス　の-1-2　ISBN978-4-04-868581-8

メディアワークス文庫

超能力者のいた夏
寺本耕也

ISBN978-4-04-868662-4

長野の私立学園に転入した高校生・高那聡。山奥の寮で彼を待っていたのは揃いも揃って役に立たない奇妙な力を持つ寮生たちだった。彼女たちの能力に翻弄されながらも高那は新たな生活をはじめるが……。超能力、その真相とは?

て-3-1
0037

六百六十円の事情
入間人間

ISBN978-4-04-868583-2

ダメ彼女×しっかり彼氏、ダメ彼氏×しっかり彼女、ダメ彼女×ダメ彼氏……性格が両極端な男女を描く4通りの恋愛物語が、ひとつの〝糸〟で結ばれる。その〝糸〟とは……「カツ丼作れますか」? 入間人間が贈る、日常系青春群像ストーリー。

い-1-3
0031

初恋彗星
綾崎 隼

ISBN978-4-04-868584-9

どうして彼女は俺を好きになったんだろう。どうして俺じゃなきゃ駄目だったんだろう。舞原星乃叶、それが俺の初恋の人の名前だ。これは、すれ違いばかりだった俺たちの、淡くて儚い、でも確かに此処にある恋と『星』の物語。

あ-3-2
0032

メイド・ロード・リロード
北野勇作

ISBN978-4-04-868534-4

売れない作品ばかり発表しているSF作家が、初めてのライトノベルに挑戦することに。意気揚々と編集者との打ち合わせに向かうのだが、そこはなんとメイド喫茶だった……!? SF作家・北野勇作による、妖しくも不可思議な世界。

き-1-1
0028

第16回電撃小説大賞〈メディアワークス文庫賞〉受賞!

[映] アムリタ
野﨑まど

ISBN978-4-04-868269-5

天才、最原最早。彼女の作る映像には秘密があった。付き合い始めたばかりの恋人を二週間前に亡くした彼女にスカウトされた二見遭一は、その秘密に迫るが——。芸大の映研を舞台に描かれる、異色の青春ミステリ!

の-1-1
0002

メディアワークス文庫

殺戮ゲームの館〈上〉
土橋真二郎

ISBN978-4-04-868468-2

――この二つには共通点があるかもしれない。一つはメディアをにぎわす集団自殺のサイト。集団自殺には必ず生き残りがいる。そしてもう一つは人間が殺し合う娯楽ビデオの都市伝説。この二つの繋がりに興味を抱いた面々が……。

と-1-1
0023

殺戮ゲームの館〈下〉
土橋真二郎

ISBN978-4-04-868469-9

出会いや遊びを目的とした大学のオカルトサークルに所属する福永は、ネットで調べたという自殺サイトからある廃墟にたどり着いた。そして目が覚めた時、サークルの十一名が密室に閉じ込められ、殺戮のゲームが始まりを告げる――。

と-1-2
0024

死神と桜ドライブ
有間カオル

ISBN978-4-04-868467-5

彼氏のために借金の連帯保証人になったOL美咲は、その借金のカタにヤクザに売られるはめに。自暴自棄になった彼女は、走ってきた車に身を投げるのだが――。『太陽のあくび』の有間カオルが放つ異色のミステリアス・ストーリー。

あ-2-2
0022

第16回電撃小説大賞メディアワークス文庫賞受賞作
太陽のあくび
有間カオル

ISBN978-4-04-868270-1

愛媛の小さな村で開発された新種の夏ミカン。その素晴らしさを多くの人に知ってもらおうと、村の高校生たち、テレビの通販番組のバイヤーらが悪戦苦闘する。苦しくなるほど眩しく、そしてエネルギーに満ちた彼らの物語。

あ-2-1
0003

舞王
―MAIOH―
永田ガラ

ISBN978-4-04-868582-5

室町初期。華やかな田楽興行で見物の桟敷が崩れ落ち、数百人が死傷する惨事が起きる。戦災孤児の犬弥はどさくさにまぎれ、死んだ舞い手・花夜叉の遺骸から紅の衣を奪い取るが、そこから思いもかけなかった運命が開けてゆく――！

な-1-2
0030